絵師金蔵《えしきんぞう》 赤色浄土《せきしょくじょうど》

藤原緋沙子

祥伝社

絵師《えし》金蔵《きんぞう》 赤色《せきしょく》浄土《じょうど》

藤原緋沙子

祥伝社

絵師《えし》金蔵《きんぞう》
赤色《せきしょく》浄土《じょうど》

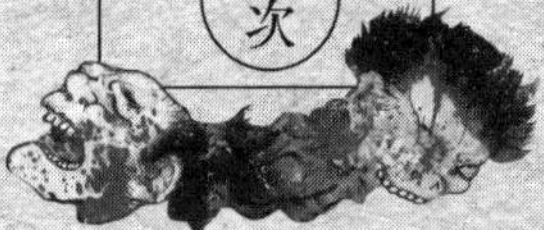

目次

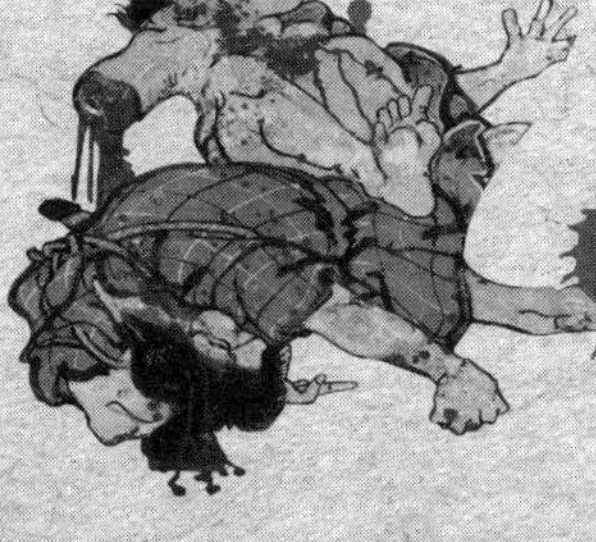

装幀　芦澤泰偉
カバー絵
『浮世柄比翼稲妻　鈴ヶ森／香南市赤岡町本町一区所蔵』
『蝶花形名歌島台　小坂部館／香南市赤岡町本町二区所蔵』
『伊達競阿国戯場　累／香南市赤岡町本町二区所蔵』
『花衣いろは縁起　鷲の段／香南市赤岡町本町二区所蔵』
『伽羅先代萩　御殿／香南市赤岡町本町二区所蔵』

第一章

一

弘化《こうか》一年（一八四四）土佐国高知城下《とさのくにこうちじょうか》にある蓮池町《はすいけまち》の仕舞屋《しもたや》に、二月の冷たい風が吹き付けている。軒《のき》に掛かる檜《ひのき》の看板には『林洞意画塾《はやしとういがじゅく》』とある。

江戸に出て表絵師《おもてえし》筆頭駿河台狩野《するがだいかのう》家から号の一字『洞』を授《さず》かり、今や『山内国宰画《やまうちこくさい》師』の一人として『古今土佐藩諸家人名録』にも『林金蔵《きんぞう》、号洞意』と名をつらねる、通称絵金《えきん》と呼ばれている絵師の家である。

ところがその画塾を、向かい側の軒先から鋭《するど》い目で睨《にら》んでいる男達がいる。町奉行所《まちぶぎょうしょ》の役人二人と小者《こもの》が三人、何時《いつ》でも飛び出して踏み込むぞといった気配だ。緊張が一行を包んでいる。

「まだ待ちますか？」

若い役人がしびれを切らした顔で、もう一人の役人の顔を見た。

「いや、まだ弟子が三人中にいる。もう少し待ってやろう」

そう答えたのは年嵩《としかさ》の役人だ。

すると、その言葉を待っていたかのように画塾の戸が開いた。

はっとなって、役人達一行が画塾の戸口を見詰《みつ》める中、風呂敷《ふろしき》を抱えた少年二人が表に出て来た。

「忘れ物ですよ」

帰ろうとした少年二人を追っかけるようにして、外に出て来たのは、絵金の女房初菊《はつぎく》のようだった。

細面《ほそおもて》で色白の三十路《みそじ》前の女である。初菊は襟《えり》巻きを一人の少年に手渡すと、

「気を付けて帰りなさい」

二人の少年を見送っている。その姿に若い役人の声が被《かぶ》る。

「塾生はあと一人、ですね……」

そんな役人たちの視線に初菊は気付くこともなく、家の中に引き返して戸を閉めた。

「まもなく節分だというのに、今年はまだ寒い寒い……」

初菊は首をすぼめ、手をすり合わせながら、誰に言うともなしに呟《つぶや》いて画塾の部屋に視線を投げた。

この町屋は土間に入ると横長二畳《にじょう》の玄関があり、その奥の八畳間が画塾になっている。

土間に立てば画塾の様子は丸見えだ。

今その画塾では、この年三十三歳になった金蔵が一枚の絵にじっと見入っている。

金蔵は六尺《しゃく》（約一八〇センチ）もある骨太の大男だ。眉《まゆ》濃く、鼻高く、眼光も鋭い。

絵師より力仕事が似合いそうな男だが誰もが認める土佐随一の絵師である。

そしてその師の評価を息を詰めて待っている少年が一人いる。

二人には初菊の呟きなど、耳にも入らないらしい。

外の物音や気配など、閉め出してしまったような張りつめた空気が二人の間にはあって、初菊もそれを邪魔しないよう気を使っている。

「ふっ」

初菊は苦笑して、奥の居間に通じる長細い通り土間に向かった。この家は、京の家屋によくある鰻《うなぎ》の寝床のような造りになっているのだ。

初菊が奥に消えるとすぐに、金蔵は膝《ひざ》を揃《そろ》えて畏《かしこ》まっている少年に顔を向け、ようやく口を開いた。

「なかなか良い絵だ。半平太《はんぺいた》、腕を上げたな」

少年の膝元に、手にしていた絵を返した。

「ありがとうございます」

少年はぱっと嬉《うれ》しそうな顔をして頭を下げた。頭の下げ方も礼儀正しきこの少年は、この年十五歳になった武市《たけち》半平太だ。

半平太は、色白で目鼻立ちのはっきりした少年だ。身分は上士《じょうし》と下士《かし》の間の階層白札《しろふだ》で、塾生の少年たちをよくまとめ、師を敬い、金蔵にとっては自慢の弟子だ。

膝元の絵は、中年の武家の妻女を描いた白描画である。

白描画とは、墨《すみ》の筆線だけで描いたものだが、墨の濃淡、筆の線の肥瘦《ひそう》で、その絵の完成度がおしはかれる。

半平太が描いた武家の妻女は、ゆったりと脇息《きょうそく》にもたれる座像だが、口元には笑《え》みを浮かべていて、優しさと品の良さが窺《うかが》える。

「この絵は母御《ははご》じゃな」

金蔵が尋ねると、半平太はちょっぴり恥ずかしそうな顔で頷《うなず》いてから、

「先生、私は五年前から剣術を習うちょりますが、剣術も絵も、ほんの少し緊張が途切れてもいけない、そう思いました」

利発そうな光をたたえた目で答えた。

「うむ。まっ、急ぐことはない。じっくり物を見る目を養うことだ。今日はこれまで……次回は色を入れてみるか……」

半平太の顔に問う。

「はい。そう致します。ありがとうございました」

半平太は手を突《つ》いて礼を述べると立ち上がり、風呂敷包みを抱えて玄関に進み、土間におりてからもう一度頭を下げて外に出て行った。

半平太は弟子になってまだ一年たらずだが、飲み込みが早く美的感覚もあり、磨けば光るはずの絵師としての才能を持ちあわせている。

数年前に河田小龍《かわだしょうりゅう》という少年も通ってきていたが、侍という身分を鼻にかけ、自信家で小生意気な割には絵に訴《うった》えるものが乏《とぼ》しかった。

——弟子もいろいろだな……。

ふっと笑って金蔵は立ち上がった。

これから豪商櫃屋《ひつや》から頼まれている贈答用の屛風《びょうぶ》を急いで仕上げなければならない。

隣室の画室に入ろうとしたその時、突然玄関の戸が乱暴に開いた。

何事かと顔を向けると、町奉行所の役人二人と捕《と》り方《かた》の小者三人が、断りも無く土足でどかどかと部屋に上がって来た。

「何するがぞ、人の家に土足は止《や》めてくれ！」

金蔵は叫んだが、

「林金蔵、狩野探幽《たんゆう》の贋作《がんさく》を描き、多額の画料を受け取った罪軽からず、召《め》し捕る！」

いきなり小者たちが飛びかかって来て金蔵の両脇から腕を摑《つか》み、畳に両膝をつけるよう力任せに押しつけた。

「くっ……」

金蔵は膝を突き、抗《あらが》いながらも、

「止めろ、わしは贋作など描いた覚えはないぞ。放せ、放せ！」

大声を上げるが、

「申し開きは奉行所でしろ！」

若い役人は声を荒らげて威嚇《いかく》し、小者に命じて金蔵の腕に縄を掛けさせた。

「よし、次」

若い役人がまた小者に合図を送ると、小者二人は金蔵が仕事部屋にしている隣室に走り込んだ。そしてそこにあった絵や画帖《がちょう》など腕いっぱいに抱えて外に運んで行く。

「待て！……何をする。止めろ、触るな！」

金蔵の怒声《どせい》に気付いた初菊が、奥の居間から走り出て来た。

「うちのひとに何するが……止めてつかあさい、止めて！」

叫びながら金蔵の腕を摑んでいる役人に飛びかかったが、

「退《の》きや！……邪魔をしたらおまえも罰を受けるぞ。お前の亭主は贋作を売って金を貰《もら》った。これからお裁きを受けるがじゃ。おそらく打ち首！」

若い役人は怒鳴《どな》った。

「打ち首……！」

初菊は仰天《ぎょうてん》するが、しかし怯《ひる》んではいなかった。顔を真《ま》っ赤《か》にして喰《く》ってかかる。

「打ち首だなんて冗談は止めてつかあさい。うちの人は贋作なんて描かなくても、なんぼでも絵は売れますきに。狩野家から号をいただいた林洞意とは夫のことですきに！」

「うるさい！」

若い役人に、初菊は胸をどんと突かれて、一間《けん》（約一・八メートル）ほど吹っ飛んだ。

さすがにやりすぎたと思ったか年嵩の役人が「よせ」というように首を横に振って、若い役人に注意した。

「初菊！」

金蔵は縄を掛けられた体で叫ぶ。すると、

「かかさん、かかさん」

奥の居間から六歳になった長男の房太郎《ふさたろう》と、三歳になったばかりの長女の糸萩《いとはぎ》が泣きながら走り出て来、倒れている初菊に走り寄った。

「房太郎、糸萩……」

初菊は体を起こすと二人の子を両腕に抱えた。そしてぐいっと役人を睨み据《す》える。その両目からは言葉には出来ない悔《くや》し涙があふれ出てくる。

「初菊、案じることはないぞ。わしは贋作など描いてはおらん。それはおまえが一番よう知っちょることじゃ。調べて貰えば分かることじゃ。すぐに帰って来るから房太郎と糸萩を頼んだぜよ」

縄を掛けられ立ち上がった金蔵は、役人たちを睨みつけながらそう言った。

「おまえさん……」

上着を羽織る間もなく、金蔵は引かれていく。

そんな金蔵を子供二人を抱きしめながら案じ顔で見送っていた初菊だったが、小者二人がまだ隣室から金蔵の絵を抱えて運び出そうとするその姿を見て、だっと小者に走り寄った。

そしてその腕から金蔵の絵をむりやり引き剝《は》がして取り返すと、必死の顔で叫んだ。

「大切な絵や、勝手に持ち出してどうするがですか！」

小者は困った顔で、

「罪が決まれば、即刻金蔵さんの絵はすべて焼き捨てよという命令ですきに」

そう説明して初菊の腕から金蔵の絵を取り返そうとするのだが、初菊は固く抱え込んで小者を睨みつけて言った。

「まだ贋作したと決まった訳じゃありませんきに。そうですやろ……うちの人はやってないと言うてるやないですか……罪人になった訳でもないのに勝手に人の物を持ち出すやなんて、あんたら、人でなしや！……どろぼうや！」

小者二人は初菊の剣幕にひるみ立ち尽くした。

金蔵は追手筋《おうてすじ》にある南《みなみ》会所の中の町奉行所の白洲《しらす》に、小者によって引き据えられた。

白州には筵《むしろ》が敷いてあるが、筵の下は砂利《じゃり》だ。しかも二月の冷たい風が吹き抜ける内庭だ。

筵の上とはいえ、心身が平常なら耐えられぬ寒さだが、憤怒《ふんぬ》が体中を駆け巡っている金蔵には、寒さなど感じる余裕は無い。

何の因果でこのような仕打ちを受けねばならないのかと、歯を食いしばって背を伸ばし、前方の座敷に視線を投げた。

すると、それを待っていたかのように、吟味方の与力《よりき》が配下の同心《どうしん》二人と書き役一人を従えて出て来ると着座して金蔵に言った。

「林金蔵、狩野派絵師の洞意とはおまんの事じゃな」

「お役人、わしが何をしたというんですか。探幽の贋作を描いて販売したとか聞いたけんど、身に覚えは無いぜよ」

金蔵は胸を張った。

「証拠がある」

与力が強い口調で言った。すると、双幅《そうふく》の軸を同心二人が一本ずつ手にして立ち上がり、同時にはらりと広げて見せた。

金蔵は仰天した。

同心二人が手にしている双幅の絵は、半月ほど前に古物商の中村屋幸吉《なかむらやこうきち》に所望されて描いた、狩野探幽の『蘆雁図《ろがんず》』の模写である。

向かって右の軸には、沢に飛んでくる雁数羽が描かれていて、左の軸には沢に生えた蘆《あし》の側に数羽の雁が群れているのが描かれている。

空白を生かした探幽の絵の模写で、蘆の一本一本、しかも葉の揺れるさままで金蔵は描いている。確かに金蔵の筆によるものだった。

その模写が贋作だと断定されたのは、蘆雁図にある探幽の落款《らっかん》だったようだ。瓢箪《ひょうたん》の中に守信《もりのぶ》の字が彫られた印は確かに探幽独特のものだ。

——いったい誰があのような落款を押したのか……。

金蔵の頭は混乱した。むろん金蔵に覚えは無い。

そもそも中村屋幸吉から、

「金蔵さん、わしは狩野探幽の蘆雁図を見てみたいがよ。どうじゃろう、どんな絵か描いて見せてくれんろうか……いや何、この土佐にいては探幽の真作にはなかなかお目にかかれんろう？　いっぺんこの目で見てみたいがよ」

そう言われて、さして断る理由もなかった金蔵は、蘆雁図の模写を快《こころよ》く引き受けたのだった。

狩野派の修業において、先達の絵を模写するのは修業のひとつだ。特に表絵師筆頭の駿河台では、探幽の絵の模写は必須だった。

模写はしたものの、探幽自らが描いた証《あか》しとなる落款が押されるなど考えたこともなかった金蔵だ。

――しかし誰だ……模写に落款を押した奴は……。

混乱している金蔵に、

「覚えがあるな？」

与力は厳しい顔で問う。

「確かにわしが描いた物です。絵の修業で探幽の絵を模写するのは、誰でもすることじや。そやけど、探幽の落款など押す訳がないろう。第一わしは、あのような印を持ってない。わしの画塾を調べてみれば分かる」

金蔵は双幅を指して大声で訴える。

「落款は押してないと言うのだな」

しかし、しつこく念を押す与力に、

「もちろん。古物商の中村屋に聞けば分かる。わしが渡したのはただの模写だ」

金蔵は怒りのあまり腰を浮かせる。

「ふん……その中村屋だが、自分は落款は押してはいないと言っているぞ」

与力は、今さらそんな空々しい言い逃れは止《よ》せと言わんばかりの顔だ。

「そんな馬鹿な……」

金蔵は吐き捨てて、

「わしを貶《おとし》めようとする罠《わな》じゃ。誰がその落款を押し、誰が贋作だと訴え出たのか、教えて貰おう」

金蔵は腰を浮かして与力を差した。

「控《ひか》えろ！」

すぐに小者が、金蔵の腰を落とすよう体を筵に押しつけた。

「待て」

与力は小者を制してから、

「話してやろう……贋作の訴えがあったのは、さる家老の家中の者からじゃ。古物商の中村屋から探幽の絵だと聞いて買う段取りをしたのじゃが、念の為に鑑定を頼んだところ、その鑑定した者が一目して『金蔵見事に仕成《しな》したり』と言ったのだとな。おまえが贋作したと即座に見破《みやぶ》ったのじゃ」

観念せよとばかりに言い放つ。

「冗談じゃない。中村屋をここに呼んでくれ。贋作と言った者も呼んでくれ。ここできっぱり決着をつけちゃるけに」

金蔵はいたたまれなくて、また立ち上がる。

「座れ！」

ふたたび小者二人に金蔵は押しつけられる。

「放せ！……やってもいない罪を着せられて黙っていられるか」

金蔵は小者二人の手を撥《は》ね除《の》けた。

身長は六尺余もある体格の金蔵だ。いざとなったら、ひょろりとした小者などはね飛ばせる。

それを我慢しておとなしくしているのに、

「悪あがきはやめろ、正直に白状した方が身のためだぞ」

どうしても与力は金蔵を罪人に仕立てたいらしい。

金蔵はどかりと座ると、息を正してから与力を睨みすえて言った。

「お役人、探幽は百五十年も前に亡くなったがぞ。晩年に描いたものでも紙の変色はある。わしが模写した紙は伊野村《いのむら》の吉井《よしい》家の紙じゃ。わしが描いた蘆雁図の紙が百七十年前のものなのかどうか即座に分かるろう。今の時代に模写した紙に落款して探幽の真作だと言うて中村屋に渡すなど、誰がするものか。そんなことは絵のことを知らぬ馬鹿のすることぞ。断じて言う。わしは模写しただけだ。模写は絵師なら誰でもやっている。それをやらなければ修業したとは認めて貰えぬからじゃ。絵師はそうやって腕を上げていくのじゃ。少しは絵の分かる者に、この騒動の詮議《せんぎ》して貰えんろうか」

金蔵は臆《おく》していなかった。堂々と訴えた。

与力は、じっと金蔵の顔を見詰めていたが、

「今日の調べはこれまでとする」

そう言って立ち上がった。

二

冷たい牢に入れられた金蔵は、綿の薄い布団《ふとん》を体に巻き付けて、

——これは罠だ……。

と薄暗い闇《やみ》を見詰めた。

牢内には椀《わん》に入った食事が入れられているが、金蔵は手をつけてはいない。大男だが何も口に入る訳がない。怒りで胸は塞《ふさ》がれていて、その怒りが全身を巡《めぐ》って毛穴からあふれ出しそうになっているのだ。

それにしても中村屋幸吉は、金蔵を罠に掛けるつもりで蘆雁図を描かせたのだろうか。そうとしか思えないのだ。

偽の落款を押したのは中村屋に違いない。そして、今八名いる家老のうち、どの家老にかは分からないが、蘆雁図を真作と偽って中村屋は売りつけようとしたのだ。

——まてまて……家老に売りつけようとしたのも……。

計算のうちだったのではないか。中村屋の手元にあってはまずいのだ。

金蔵が贋作を中村屋を通じて販売しようとしたという話を作るためには、第三者の購入

が必要だったのだ。

——つまりこういうことだ……。

薄闇の中で金蔵は顔を上げて、牢格子《ごうし》の外に弱い光を放っている行灯《あんどん》の火を、きっと見詰めた。

例えば探幽の絵だと称して家老に購入させようとすれば、そこでその絵の真贋を確かめようとするのは当然のことだ。

そしてその鑑定人として名が挙がるのは、この土佐では、

——壬生水石《みぶすいせき》だ……。

壬生水石は南画《なんが》の絵師だが、篆刻《てんこく》でも名が知れていて、鑑定の目の確かさには定評があり、古物を購入する時には、壬生水石に真贋の鑑定を依頼する者は多い。

その身は、奉行職の家老山内監物《けんもつ》の家士《かし》で与力格、知行百五十石《こく》のめぐまれた身分だ。

また壬生水石は、篆刻はもとより詩書画、和歌に俳句、茶道、音律、武道と多岐にわたり、その才能を発揮している人物だ。

——その壬生水石が金蔵が贋作に手を出したと証明すれば……。

金蔵が縄を掛けられたのも頷ける。

壬生水石は以前から金蔵に良い感情は持ってはいなかった。

それは憶測でもなんでもなく、金蔵には微《かす》かな覚えがあった。

金蔵は江戸に出るまでは、土佐で今は亡き池添楊斎《いけぞえようさい》に教わっていた。

その池添楊斎が出世して藩の画局支配となり、江戸から箔《はく》をつけて戻った金蔵を重用《ちようよう》するようになった時、壬生水石は金蔵に冷たい視線を送ってくるようになっていた。

池添楊斎が愛弟子《まなでし》金蔵を右腕として重用することに不満を持つ絵師は他にもいたが、壬生水石はその筆頭だったのだ。

そして先年、池添楊斎は急死した。

ただいまは藩の画局支配の席は空白のままだ。誰が指名されるのかと、絵師たちは息を詰めてなりゆきを窺っている状態だ。

金蔵が表狩野派から号の一字を授かった絵師とはいえ、町人あがりの金蔵に画局を牛耳《ぎゆうじ》られるようなことがあってはならないと思う絵師はいる。

——今この時に金蔵を追い落としておかなければならぬ……。

壬生水石がそのように考えても不思議は無いのだ。

中村屋と結託したか脅《おど》したか、それは分からぬが、金蔵に模写をさせ、偽《いつわり》の印を押し、何も知らない第三者に売りつける。

当然ここで真贋の鑑定を頼もうということになる筈《はず》だ。

そこに待ってましたと現れるのが壬生水石だ。最後の決定打は、壬生水石の、

「金蔵見事に仕成したり」

その言葉だった。

まるで芝居の筋立てのような段取りが、最初から出来ていたのではないか。

金蔵はそこまで考えを巡らせて歯ぎしりした。

おおよそ自分が罠に嵌《は》まった手口は推測できたものの、この切羽《せっぱ》詰まった難局を、どうやって解決すればよいのか。

贋作だと裁断が下れば、斬首《ざんしゅ》刑は免《まぬが》れまい。

今金蔵の頭の中に浮かび上がっているのは、今から百四十余年も前のこと、享保《きょうほう》九年（一七二四）に近森半九郎《ちかもりはんくろう》という絵師が、狩野派の養朴常信《ようぼくつねのぶ》の贋作で斬首刑に処せられている事件だ。

今では絵師や文人の間で語り草になっている事件だが、今また目の前にその恐ろしい情景が現れようとしているのだ。

近森半九郎と同じように、この自分も同じ轍《てつ》を踏むことになるのか。いや、踏まされてなるものかと、金蔵の心は千々《ちぢ》に乱れる。

その時だった。

牢屋の入り口の戸が開いて、誰かが入ってくる気配がした。

金蔵は肩に掛けた布団の中に顔を埋《う》めたまま、近づいて来る足音に耳を澄ませた。

足音は三人だった。

「こちらです」

と言いながら近づいて来るのは、この牢屋の番人の声だった。

手燭《てしょく》の光が牢屋の前で止まり、その光で牢の中を照らして金蔵の様子を窺おうとしている。

金蔵が身を固くして首を引っ込めたその時、

「おまえさん……」

金蔵に呼びかけたその声は、妻の初菊だった。

「初菊か……!」

驚いた金蔵は、格子に這うようにして近づくと、初菊は抱えていた風呂敷包みを差し出して、

「お弁当を持ってきました。お役人がおまえさんの様子を知らせに来てくれまして、それでこうして顔を見る機会もつくってくれました」

初菊は隣に立っている役人の顔を見上げた。

「あっ」

金蔵は声を上げた。

その男は今日白洲で詮議のおり、あの蘆雁図の一方を開いて持って立っていた同心だったのだ。

「橋田圭之助《はしだけいのすけ》さんとおっしゃる方です」

初菊の言葉に、その同心は小さく頷いた。三十半《なか》ばの年頃のようだ。金蔵と変わらぬ年齢だと見た。

橋田圭之助は初菊の横に腰を落とし、金蔵の顔に手燭を近づけるようにして照らし、

「金蔵殿、やはり飯を食っておらんではないか。まあ、気持ちも分かるが、そんなことではこの先の取り調べに耐えられぬぞ。物申す元気を無くしてしまうぞ。こんなこともあろうかと思うてな、それで女房殿に弁当を作るよう勧《すす》めたのじゃ。ただな、そうそうこうして会わすことはかなわぬゆえ、明日からは無理をしてでも飯は食うのじゃ。これからが正念場だ。潔白を証明できなければ打ち首だ。そなたが貶められたと言うのなら、そなたを貶めようとしている者たちの正体をあかし立てねばならない。しっかりと飯は食っておくことじゃ」

橋田圭之助という同心は、労《いたわ》るような顔でそう言うと、早く食せと金蔵を促して、初

菊には、

「むこうで待っている。急いでな……」

手燭の灯りを初菊の手に渡すと、牢番を連れて入り口の方に消えた。

「早く、食べて……元気を出して」

初菊に急《せ》かされて、金蔵は薄明かりの中で弁当を頰張《ほおば》った。

無理矢理喉に押し込んでいると、ふいに涙が溢《あふ》れてきた。

「おまえさん……」

初菊も思わず涙を流す。

金蔵はぐっぐっと物をまるごと押し込むように口に弁当を運び、涙と一緒に飲み込んでいく。

金蔵が食べ終えるのを待って、初菊は声を潜《ひそ》めて告げた。

「桐間《きりま》家老さまから伝言がありましたよ。本日限り預かり人としてわが家の支配には置かぬと……」

預かり人とは、藩の郷士《ごうし》など下士を、家老家が預かって支配下に置く人のことを言う。

桐間家は現家老八人のうちの一人で、禄高三千五百石、先年まで藩主の覚えめでたい一人だった。

天保《てんぽう》の御改革は藩内でも行われたが、その結果が思わしく無かったことから近頃は鳴りを潜めているのだが、金蔵は江戸から帰国した時から、家老桐間蔵人《くらんど》の監督下に置かれていた。

身分は藩お抱えの絵師だったが、町人上がりの金蔵は、その身を桐間家の預かり人とされたのだった。

藩抱えの絵師といっても、亡くなった画局支配の池添楊斎は別にして、金蔵を含む他の絵師への手当ては驚くほど少ない。壬生水石のように家老家の家士の身分なら、主《あるじ》から給金が支給されるが、町人上がりの金蔵は別途糊口《ここう》を凌《しの》ぐ手段を考えなければ暮らしていけない。

そこで金蔵は画塾も開き、描いた絵も販売して暮らしを立ててきた訳だ。確かに桐間家の保護は受けてきたといえるだろうが、桐間家から某《なにがし》かの手当を貰っていた訳ではない。

桐間家老が家士でもない預かり人が犯した罪に、責任を負わされてはかなわないと、お裁きの断が下る前に、金蔵と縁を切っておこうというのも無理からぬことだ。

「ふん」

あの家老ならそう出て来るだろうと、金蔵は驚きもしない。金蔵は厄介者《やっかいもの》扱いをされただけだ。

「おまえさん、私に出来ることはありませんか……なんでも言いつけて下さい。おまえさんの疑いが晴れるのなら何でもします」

初菊の必死の言葉に、金蔵は言い聞かせるように言った。

「わしは贋作などにかかわってはおらんぞ。潔白だ。最後まで闘う。ただ万が一罪人にされた時には、言っておくぞ。胸を張って生きろ」

「おまえさん、そんな言葉は聞きとうないぞね。絶対この牢を出る、そう約束して下さい」

初菊は悲壮な顔で金蔵を見た。

「分かった。何、万が一のことを言うたまでじゃ。安心しろ。そうだ、ひとつ頼まれてくれんか。紙と墨と筆を差し入れてくれんろうか」

金蔵は言った。


翌日も金蔵は白洲に引き出されて詮議を受けた。

中村屋幸吉は、知らぬ存ぜぬと、自分は贋作に関与していないと相変わらず言い逃《のが》れているようだった。

壬生水石も、篆刻の第一人者として判断を下したまでで私意は無い。金蔵の贋作は揺るぎないものだと力説したらしい。

与力の補佐として昨日と同じく着座して成り行きを見守っていた橋田圭之助は、詮議が終わって金蔵が牢に戻されると、すぐに牢内にやって来て、

「誰の言い分が真実なのか、奉行所の探索方とは別に、わしも調べている」

それだけ告げると、昨夕初菊に頼んでいた墨や紙などを牢格子の中に入れてくれた。

「女房殿に毎日会わせる訳にはいかぬからな」

「恩に着ます」

金蔵は頭を下げた。

「金蔵殿、あの落款印を誰が押したのかそれが分かれば即解決するのだが、やはり心当たりはないのですな」

橋田圭之助は念を押してから、

「そなたの家も中村屋の家も根こそぎ探索したのだが、探幽の落款印は出て来なかった。あの印を誰が彫ったのか、押した者は誰か、今どこにあるのか、それが分かれば決着はつくのだが……」

途方にくれた顔で言った。

贋作事件解決に町奉行所が躍起《やっき》になって動いていることは分かるが、何も確かなことは摑《つか》めていないらしい。

金蔵は落胆して、

「城下の印判屋も当たってみたのですか」

こちらから尋ねてみたが、橋田圭之助は首を横に振って否定して牢から出て行った。

一人になると、また先ほどまでねちねちと問い詰められた詮議の数々を思い出して憤《いきどお》りで胸が塞がれる。

――このままの状況だと、打ち首は免れまい……。

せめて三歳になった娘に遺言となるべき絵を残してやりたい。

金蔵は紙を広げるが、すぐに紙をもとに戻した。

そして立ち上がると、牢格子に歩み寄り、格子を両手で鷲《わし》摑むと、牢舎の外の通路を眺めた。

しんとして人の気配もない冷たい空間が広がるばかりだ。一人ここに取り残されている、金蔵はそう思った。

「わしは無実だ！……出してくれ！」

大声を上げながら、牢格子を力いっぱい叩いたが、何の反応も無い。金蔵が怒りに任せ

て牢格子を蹴り上げた時、

「うるさいぞ、若いの……」

突然奥の牢から声がした。

そうか、奥にも一部屋独房があったのかと壁に耳を当てて耳を澄ますと、

「ここで大声を挙げても助からんよ。観念して遺書でも書いておくんだな」

しわがれた初老の男の声だった。

「誰だ、あんたは……」

金蔵が壁に向かって尋ねると、

「おまえと同じ、そのうちに打ち首になる者だ」

「黙れ！……わしは無実だ。罠に嵌まったんだ」

金蔵は叫ぶ。

「わしも罪を犯したとは思っていない。でっち上げだ」

初老の声はそう言った。もはや反駁《はんばく》も抵抗も諦《あきら》めているような平静な声だった。

「でっち上げ？……」

「そうだ、でっち上げだ。一年半前に起きた百姓たちの逃散《ちょうさん》を煽動《せんどう》したとして追われる身となり、身を潜めていたのじゃが、先月捕まったのだ」

老人の声はそう告げた。

「百姓の逃散……」

そういえば噂《うわさ》話だが小耳に挟んだことがあった。

「名野川《なのかわ》の逃散……」

金蔵が呟くと、

「そうじゃ。名野川郷の三二九人もの百姓が、仁淀川《によどがわ》沿いから山を伝って越境し、松山《まつやま》の寺院に匿《かくま》われていたのじゃが、松山藩から四五〇人、土佐藩から六〇〇人もの役人が出て、引き留める寺の和尚《おしょう》の衣も撥ね除け、全員に縄を打って土佐に連れ帰ったという事件じゃ。いまだにその折の逃散を煽動したなどと言い、こうして牢に繋いでいるのじゃ。わしの言い分など毛ほども聞くつもりはないらしい。庄屋の一人は切腹し、縄を掛けられた庄屋もいて、他にも一〇人以上の世話役は斬首。藩庁は百姓たちの言い分など聞く耳をもたぬのだ」

金蔵は絶句している。しばらく沈黙が続いたが、

「爺《じい》さん、殺されると分かって怖くはないのか」

金蔵が尋ねると、

「酒を飲めば怖い物はない。ふっふっ」

老人は笑った。

「なんだと……酒だと……ここで酒が飲めるというのか」

信じられない話に呆気《あっけ》にとられていると、

「いいか、三途《さんず》の川を渡るのも金がいるというじゃないか。地獄の沙汰《さた》も金次第……」

老人はそう言うと、木の棒で牢格子を叩いた。

すると牢番がすぐに走って来て、隣の牢屋の前にしゃがんだ。

「すまぬがまた酒を頼む。何、今日は隣の絵師の先生にもな。二人分だ」

老人は金を牢番に渡した。

すると牢番はすぐに牢を出て行ったが、まもなくすると、酒《さか》どっくり二つを抱えて戻って来た。

「これは隣のご隠居さんからじゃ。飲み干したら出口に置いてくれ」

牢番はそう言って、酒どっくりひとつと湯飲み茶碗ひとつを牢内に入れてくれた。

そして隣の老人にも酒どっくりを渡すと、いそいそと外に出て行った。

「明日の命は分からん。飲んでこの世を楽しめ。あの世に乾杯じゃ」

老人の声はそれで止んだ。

金蔵は、酒どっくりを抱えて迷っていたが、まもなく、湯飲み茶碗に並々と注《つ》ぐと一気に飲み干した。

　ぐいっと口許を腕で拭《ふ》き取ると、今度はとっくりを口に当てて飲む。空きっ腹に酒は覿《てき》面《めん》、すぐに酔いが回ってきた。

「ふん、殺せるものなら殺してみろ」

　独りごちた金蔵の頭から、次第に怒りや恐怖が遠のいていく。

　情けない姿だと知りながら、金蔵は酒をまた口に流し込む。その時だった。

「鬼は外！……鬼は外！……福は内！……福は内！」

　遠くから鬼遣《や》らいの声が聞こえてきた。

　金蔵は、酒を飲むのを中断した。

「辰之助《たつのすけ》……」

　思わず口ずさむ。

　辰之助というのは、金蔵の唯一の親友だった郷士の桑島《くわじま》辰之助のことだ。

　その辰之助は昨年、謀反《むほん》の罪を着せられて獄中で憤死した。

　十五年前の節分の夜、金蔵と辰之助は、己の望みを必ず成就させようと熱い志《こころざし》を誓い合ったものだった。

「それなのに、わしもおまえも、志半ばで牢に入れられ死するというのか……」

とっくりを抱えて金蔵は目を瞑《つむ》った。
その脳裏に、鮮やかに蘇《よみがえ》ってきたのは、節分の夜の光景だった。

第二章

一

十五年前といえば文政《ぶんせい》十二年（一八二九）、金蔵が十八歳だった節分の夜のことだ。高知城の大手門《おおてもん》前にある藤並《ふじなみ》神社では奉納相撲《ずもう》が行われていた。

土佐人の相撲《すもう》好きは、公家《くげ》の一条《いちじょう》家が土佐西部を支配した折からのものなのか、山内一豊《かずとよ》がそれに乗じて入国の際、相撲大会を行って不満分子を平定した話は有名だ。

文政八年（一八二五）に逝去《せいきょ》した第十代藩主豊策《とよかず》は、数々の郷士と上士の殺傷事件をおさめるために、文化《ぶんか》三年（一八〇六）に藩の家老であった野中兼山《のなかけんざん》邸跡に藤並神社を建立《こんりゅう》した。以来節分祭には奉納試合が行われているのだった。

節分祭は無礼講だ。大手門手前にある藤並神社の大鳥居から土俵下まで、大勢の人たちが押し合いへし合い、興奮のるつぼとなるのだった。

「イケ、イケ、何しちょるが！」

「腰がひけちょるぞ、踏み込め！」

口角泡を飛ばす声援が、あっちからもこっちからも土俵を襲う。

たった今、にわか力士の若い二人が、がっぷりと四つに組んだところである。

審判役は神社氏子《うじこ》が四人、土俵の四方から見守る中、

「のこった、のこった、のこった、のこった！」

年老いた行司役が、歯抜けの口をぱくぱく開けながら、力士二人に声を張り上げている。

今宵《こよい》の相撲は勝ち抜き試合。神社建立の由来もあって、この日だけは身分に関係なく参加出来る。

毎年大勢の若者が土俵に上がるのだが、今土俵で四つに組んでいるのは、今年決勝に残った二人である。

東方の力士は金蔵の友人で、郷士の桑島辰之助。さして体格が良い訳ではないが、もって生まれた闘争心と機敏さだけで勝ち抜いて来た。

一方の西方の力士は城下町の米屋の倅《せがれ》で猪之助《いのすけ》だ。こちらは常より米俵を担《かつ》いでいるから、筋骨は逞《たくま》しく発達していて、まさに力で相手をねじ伏せて決勝を迎えている。

燃えるような闘争心か、はたまた力に物を言わせるのか、観客ははらはらどきどきして見詰めているのだ。

土俵の四方には、パチパチと音を立てながら松明《たいまつ》が炎を上げていて、四つに組んだ二人の男の顔をあかあかと照らし出している。

「のこったのこった……のこったのこった！」

行事の声が一段と高くなるのに呼応して、この時金蔵は、土俵下審判役の近くで筆を走らせていた。

この頃の金蔵は、すでに絵師の道を歩み始めて久しく、またとないこの機会を絵におさめているのだった。その形相《ぎようそう》は松明で赤く染まり、何かに憑《つ》かれた鬼のようだ。

この男が、十五年後に贋作の罪で牢獄に繋がれ、明日の命も分からぬ運命になるとは、本人はむろんのこと誰がこの時想像出来ただろうか。

この頃の金蔵は、新市町《しんいちまち》の貧しい髪結《ゆ》いの倅であったのだ。

本来なら絵など描いている場合ではなく、稼業を継いで客の髪を結っていなければならない身分だが、幼い頃より人とうまくしゃべれない。というよりしゃべりたくなかったのだ。

それは物心ついた頃からの、父親専蔵《せんぞう》との確執《かくしつ》がそうさせていたのである。

金蔵が何をしゃべっても、父親の専蔵は気に入らない顔をした。

次第に無口となって、短い返事しかしなくなった金蔵に、

「図体ばっかり太いくせに、客にお愛想《あいそ》のひとつも言うことができんおまんは、なんの役にもたたたん子じゃねや」

父親専蔵の決まり文句だ。父親の専蔵は背の低い痩《や》せた男だ。どんどん背がのびていく倅をやっかんでの事なのか、もう何百回金蔵は同じ文句を聞いてきたか知れない。

金蔵にくれる専蔵の視線は、いつも冷たいのである。

母親の胸に抱かれた思い出はあるが、父の専蔵に抱かれた記憶はひとつもなかった。

専蔵が自分を疎《うと》んじていることを、幼い頃からずっと感じて育った金蔵は、店の外で絵を描いている時だけが幸せだった。

紙の代わりは拾って来た古い板切、また筆の代わりは、これもそこいらに転がっている石ころだった。

古い板切れは表面が茶色くなっていて、石ころは柔らかく、白い線をくっきりと描くことが出来た。

いずれも銭《ぜに》の掛からない遊び道具で父親も文句は言えないし、金蔵も絵を描いていれば、誰ともしゃべらなくて済む。

髪を結いにやって来たお客が、ひょいと覗いて、

「坊主、上手やのう」

などと褒《ほ》めてくれると、嬉しくて、ますます絵に没頭していった。

十一歳になった頃だ。同じ町にある鳥屋で、金蔵は鷹匠《たかじょう》から預かっているという鷹を

見せてもらった事があった。

眼光鋭い鷹の顔に金蔵は魅了され、それ以来、大きく羽ばたく鷹の絵を、好んで描くようになっていた。

ある日のことだ。

よれよれの袈裟《けさ》を身に付けた老僧が立ち止まり、金蔵の絵をかがみ込んで覗き、

「その鷹はおまえ自身を描いているのか？」

老僧はそう問いかけてきた。

「お坊さま……」

ふいに声を掛けられて見上げると、

「しっかり太い枝を摑んでいるな。猛々《たけだけ》しい鷹じゃ。だが横を向いて睨んだ目には不安がみえる」

「えっ……不安が……」

金蔵は鷹の目を見詰めた。

――そういえば……。

自分は寂しさや怒りを紛《まぎ》らわすために絵を描いている。はっと気付いて、老僧を見上げると、

「誰にでも満たされないものはあるのじゃ。寂しさ、怒り、嘆き……多くを求めれば求めるほど満たされないのが人間の性《さが》じゃ。だがのう、人に多くを求めず我を信じて精進《しょうじん》すれば、いずれその鷹は、遠くにある獲物をはっきりと捕らえることが出来る筈《はず》じゃ」

老僧は金蔵の顔を優しい目で見た。

「お坊さま、わしも、遠くの獲物を捕らえることが出来るんですね」

真剣な顔で訊いた金蔵に、

「出来るとも。心の中で祈るのじゃ」

「おいのりですか？」

「そうじゃ、おいのりじゃ、祈るのじゃ」

老僧はそう告げると、ゆらゆらと去っていったのだった。

狐《きつね》につままれたようなひとときだったが、まもなく金蔵は同じ町内で筆や墨、薬種などを営む豪商仁尾順蔵《におじゅんぞう》に声を掛けられた。鷹の絵が目に留まったのだ。

金蔵の絵の才能に驚いた仁尾順蔵は、次の日から金蔵を自分の店に通わせて、南画の手ほどきをしてくれるようになった。

大商人の仁尾順蔵は、仁尾鱗江《りんこう》という南画家としての雅号も持つ人物だった。

貧しい髪結いの倅の金蔵が、この仁尾順蔵の手を借りて、絵師の世界に大きく羽ばたくことが出来たのである。

そして金蔵が十六歳になった時、仁尾順蔵は土佐藩の国元の御用絵師・池添楊斎のもとで狩野派の絵を学べるよう入門させてくれたのだった。

絵師修業の暮らしに言葉はいらない。ただ黙々と絵を描く暮らしは、金蔵の能力を引き出させて開花させ、十八歳となったこの年には、師の池添も舌を巻く程の腕になっている。

ところが一見するにこの金蔵は、背丈は六尺もあろうかと思われる体軀《たいく》の持ち主、絵師の体つきではない。

土俵に上がれば一人や二人軽々と投げ飛ばしそうなものだが、金蔵は川で泳ぐことは出来ても、相撲などの力比べは苦手だった。

だからこの日も、力比べは友人に任せて、金蔵は紙の上に闘う男達を写し取っているのである。

金蔵は漆黒の墨をたっぷりと含ませた筆で、細い線、太い線を巧みに描き分けて仕上げていく。

筆が紙の上を走るたびに、力士の腕や肩の逞しさ、土俵に吸い付いている踏みしめた足の指の一本一本、それに行司役の痩せこけた頬と歯抜けの口もとなど、実に写実に長《た》けた描き方だ。

いや、それだけではない。金蔵の絵は、線の一つも静止していない。彩色もしていないのに、描いたものには動きがあって、草木なら風のなびき、人なら吐く息さえ聞こえて来るように感じるのだ。

「ふん……」

金蔵は今描いた紙を捲《めく》って、次の新しい紙面に土俵の周囲で応援している観客を描いていく。その時だった。

——あの男たち……。

金蔵の筆がふと止まった。

観客の中に、上士の倅で一月《ひとつき》前に、辰之助が通っている日根野《ひねの》道場の仲間に難癖をつけて騒動を起こした男二人の姿が目にとまった。まさか辰之助に難癖をつけるようなことはあるまいが……。

不安を覚えたその時に、

「やったぜよ!」

観衆から大きな声が挙がった。金蔵は土俵に視線を投げた。

なんと辰之助が、あの大男の猪之助を寄り倒したところだった。

——辰之助のやつ……。

金蔵はにやりとして、土俵の上で喜色満面の辰之助を見た。

まさか辰之助が勝利を手にするとは思いもよらなかっただけに、俄《にわか》に喜びがこみ上げてくる。

二人が知り合ったのは五年前、鏡《かが》川《み》で溺《おぼ》れかけていた辰之助を金蔵が助けてやったことが始まりだ。

「貰ったぞ金蔵」

まもなく辰之助は金一封を手に、待ち構えていた金蔵の元に駆けてきた。

額にはまだ汗が噴き出してきているが、辰之助の顔には、これまで見たこともないような自信が漲《みなぎ》っている。

二人は意気揚々《いきようよう》、急いで藤並神社を出た。

「いくら入っちゅう？」

大股で足を急がせながら金蔵が尋ねる。金蔵が気安く話しかける人間は数人だが、辰之助はその筆頭だ。

何をしゃべろうが父親の専蔵のように、言葉の端を捕まえて嫌みを言わないから安心している。

「分からん。金蔵、約束じゃき、一杯おごるぜよ」

辰之助は酒を飲む所作をした。

「酒はええ。それよりかかさまに渡してやりや」

金蔵は言った。

辰之助の家は武士とはいえ郷士の身分だ。

土佐の郷士の禄は三十石から二百石といろいろだが、辰之助の家は禄三十石、郷士でも最低の禄だ。

おまけに両親と妹の四人暮らしでは、日々の暮らしは相当厳しい。

金蔵も貧しい髪結いの倅だ。辰之助の家の貧しさは手に取るように分かっている。

だが、辰之助は鼻を鳴らして言った。

「いや、大切な記念日や、つきあってくれ。金蔵、わしは今日の相撲に自分の人生賭《か》けてたんや。勝てば将来に希望が持てるが負けたら自分のこの先は無い。そう思うて土俵にあがったんや。郷士やからいうて下を向いて一生送りとうないやろ。そうじゃろ？………おまえも髪結いの倅で終わりとうない、誰にも負けとうない、きっと名のある絵師になってみせる、そう言うてたじゃろ？」

熱のこもった辰之助の言葉に、金蔵は足を止めた。

そして、ぐいっと手を突き出すと、辰之助と手を握り合った。

「わかっちょる。志を貫《つらぬ》こう！」

金蔵の目が月の光を受けて輝いている。

「きっとな！」

辰之助も顔を紅潮させて、金蔵の手を力強く握り返した。

二人が胸に抱いている望みは果てしなく難しい。だが、若い二人は厳然としてある身分の格差も貧富の差も、なせば成る、必ず乗り越えられる坂だと信じているのだった。

「待て！」

その時背後から怒声が聞こえてきた。

振り返ると、あの上士の倅三人組が藤並神社の方から、こっちに走って来るではないか。

「逃げろ、この金封を狙うてるに違いない」

辰之助は言った。同時に二人は駆け出した。

「待ちやがれ！」

上士の倅三人が追っかけて来た。やはり金封を狙っていたんだと二人は青くなった。

関わったらろくなことはない。気に入らなければ斬り殺される。上士に殺されても文句は言えない。

それがために、この土佐の城下では度々激しい諍《いさか》いが起きているのだ。

「金蔵さん、こっちへ！」

その時だった。闇の中から手が伸びてきて、金蔵と辰之助を角の物陰に引っ張り込んだ者がいる。

「藤吉《とうきち》さん……」

金蔵は驚いた。

藤吉は仁尾順蔵の店の手代頭で、常々仁尾の使いで金蔵のもとにやって来ている男である。

「金蔵さん、あんな人たちには近づいたらいかんぞね。旦那様が知ったらなんとおっしゃるか」

まずは苦言を呈する藤吉だ。

旦那様の仁尾は金蔵の腕を見込んで、数年前から影になり日向《ひなた》になり、手を差し伸べてくれている恩人だ。

その仁尾家の手代頭藤吉の言葉は仁尾の言葉そのものだった。

「藤吉さん、むこうが勝手に追っかけてきたんじゃきに」

金蔵を庇《かば》って辰之助が言った。

「それならええけんど、金蔵さん、旦那さまがお呼びじゃきに、明日、必ずお店の方に来てつかあさい」

藤吉は有無を言わさぬ口調で言った。

二

翌日金蔵は仁尾の店に出向いた。

豪商仁尾順蔵の店は、金蔵親子が住む同じ町に、ひときわ大きな暖簾《のれん》を靡《なび》かせている。

店の外に設《しつら》えた棚から奥に向かって薬種が並び、奥の店にある棚には、筆や墨が所狭しと並べてある。

商売がら店の雰囲気は静かである。しかもぴりっと空気が張り詰めていて近寄りがたい。金蔵はこの空気感が好きだった。

父親の専蔵が営《いとな》む髪結いの店は、噂話に声を張り上げ、この世の不満をぶちまける雑然とした騒がしい店だ。

客にお愛想を振りまいて笑顔を見せる専蔵が、客のいない場所では一転して不満だらけの顔を見せるのも金蔵は好きではなかった。

しかも専蔵は、書物にも絵画にもまったく関心がない人間だった。

日々多忙で実入りも少ない町人の典型だが、そんな父親を見て、金蔵はいっそう鷹のように高く羽ばたきたいと考えるようになったのだ。

幸いにして仁尾順蔵から金蔵は南画や書や歌までも学んでいる。仁尾鱗江という名で南画を嗜《たしな》んでいる仁尾順蔵の存在は、師とも父ともいえる存在だった。

その仁尾が、金蔵の前途を案じて、

「南画では飯は食えぬぞ」

そう言って、狩野派の絵を学ぶよう池添楊斎美雅《よしまさ》の元に金蔵をやってくれたのだった。

狩野派の絵師の流れの中に名を連ねれば、万民が認めてくれるし、藩お抱えの絵師に抜《ばっ》擢《てき》されるという立身も望める。

金蔵が仁尾に南画の手ほどきを受け始めたのは十三歳、池添に入門したのが十六歳、その後池添美雅から一字を貰って美高《よしたか》の号を名乗るまでになっている。

ここまで順調に絵師の道を歩めたのは、いうまでもなく仁尾のお陰だった。仁尾が如才無く、先に先にと手を打ってくれているからこその金蔵の今があるのだ。

「金蔵は、親の専蔵よりも深い愛情を仁尾の旦那から受けている。金蔵の本当の父親は仁尾の旦那か……」

口さがない者たちが、陰でそんな噂をしていることは、金蔵も薄々知っている。

ただ仁尾は、金蔵だけでなく土佐の絵画文人の者たちを牽引《けんいん》し援護している存在だった。

島本蘭溪《しまもとらんけい》、楠瀬大枝《くすのせおおえ》ほか土佐の多くの南画会の面々、金蔵の師である狩野派絵師の池添楊斎たちまで、仁尾が世話を焼いている者たちの名を挙げたら切りがない。

どうやら豪快な仁尾の性格は、先祖の者から受け継いだものらしい。

仁尾の遠祖は周防国《すおうのくに》の大内氏の家臣に繋《つな》がる者と聞いているが、土佐の商人となった仁尾久太夫《きゅうだゆう》は、櫃屋と並ぶ豪商で、野中兼山の時代に物部川畔《もののべがわほとり》に宏大《こうだい》な別荘を持っていたらしい。

ところが、兼山が目指す物部川の改修工事に差し障《さわ》りがあるため立ち退《の》きを命じられたが、頑《がん》として聞き入れず、兼山は怒って別荘をことごとく焼き払ったという話が伝えられている。

信念を貫く頑とした仁尾家は、文政十二年のこの頃にも大きな力をまだ維持していた。

とはいえ、貧しい家の金蔵が、この店に出入り出来ることだけでも、町の者にしてみれば七不思議の一つであって、様々な噂をするのも無理はない。

ただ、金蔵の母親おるいは、髪結い専蔵に嫁《か》すまではこの仁尾家の台所女中をしていたから、金蔵は他人が思うほど緊張せずに店に出入りすることが出来ているのだ。

今日も金蔵は、ふらりと仁尾の店の中に入って行った。すると、

「金蔵さん、池添先生もおいでちょりますきに」

金蔵を出迎えてくれた藤吉が耳打ちしてくれる。

「池添先生が……」

まさか破門という訳ではないだろうが、師と仰ぐ人も同席の様子だと聞き、金蔵の胸に不安が広がった。

「失礼します」

金蔵は緊張した面持ちで、仁尾が待つ部屋に入った。

「はよう、こっちへ」

談笑していた様子の仁尾順蔵が手招いた。

師の池添をちらと見ると、穏やかな顔で笑みを湛《たた》えて金蔵に頷いている。

――悪い話ではなさそうだ……。

池添の表情を見て金蔵はひとまずほっとした。そして二人の前に膝を揃えて座った。

「金蔵、お前にとって、これからが正念場だということは分かっているな」

仁尾はまずそう言った。その表情は、これまでに見た事もない程真剣だった。

金蔵は頷いた。だが、今仁尾が何を言い出すのか、再び不安が胸に湧《わ》いた。

唾《つば》を飲み込んで仁尾を見返すと、

「このたび徳姫《とくひめ》様の婚儀が決まって江戸に向かわれることになってな」

「はぁ……」

曖昧《あいまい》な返事をしながら、それが自分とどのような関係があるのだと、きょとんとした金蔵の顔に、

「そこでだ……」

仁尾は苦笑して、金蔵の顔色が変わるのを楽しむような目で、

「お前は姫様の御行列の陸尺《ろくしゃく》としてお供をすることになったのだ」

と言った。

「わしが、陸尺……！」

仁尾の期待通り、金蔵は仰天《ぎょうてん》している。

「そうだ、驚くのも無理はないが、ようく聞け」

仁尾は、金蔵の目を見詰めて説明した。

徳姫とは先々代の殿様、あの藤並神社を建立した豊策の姫である。父の豊策は三年前に

他界していて、初めは長兄の豊興《とよおき》が世襲したが一年で病没し、現藩主は次兄豊資《とよすけ》で、当然こちらも徳姫の兄だ。

つまり現藩主の妹君のお供をして江戸に行くのだと、仁尾は言ったのだ。

「旦那様、本当にわしが徳姫さまのお陸尺で江戸に行くんですか」

金蔵は聞き返して頬をつねった。思いもよらなかった言葉に耳を疑っている。

徳姫様などと聞いても、第一拝顔したこともない雲の上の人だ。

ただ、そのような人の駕籠《かご》を担《かつ》ぐのかと思うと、俄に興奮して血が騒いだ。

「半信半疑の様子だが、お前を陸尺に推挙するのも大変だったんだぞ。陸尺とはいえちゃんとした奉公人だ。手当ても良い。江戸の藩邸に滞在出来る。しかも長期の滞在を願い出ている。なぜにお前を推挙したのか……それはな、江戸詰お抱《かかえ》絵師の、駿河台狩野、前《まえ》村洞和《むらとうわ》殿に教えを請《こ》うためだ」

仁尾は言った。そして、にっと笑って、金蔵が喜ぶ様子を楽しむような目をして見詰めた。

その目の色は、親が可愛い我が子を留学させる時に見せる、期待をこめた深い愛情に満ちた色だった。

「わしが、わしが洞和先生の元で修業できるがですか……まことでございますか！」

案の定金蔵の顔に血がのぼっている。江戸行きを確かめるように聞き返しながら、膝を乗り出した。

「まことじゃ、わしが今まで嘘偽《うそいつわ》りをお前に言ったか？」

仁尾は楽しそうに笑った。

金蔵は首を横に強く振った。もう一度、えいっと頬をつねってみる。

「いた、いた！」

幼い子供のような痛がる金蔵を見て、

「はっはっはっ」

仁尾は楽しそうに笑った。側で見ていた池添も笑った。

金蔵は照れ笑いを浮かべて師の二人を見た。

仁尾は五十七歳、池添は三十八歳だ。祖父の年代の仁尾と父の年代に近い池添が、揃って孫か倅の成長を楽しみにして送り出そうとしているような雰囲気だ。

「駿河台派の洞和先生には、私も師事していたことは知っているな。幕府の絵師は奥《おく》絵師四家、表絵師十六家が御用をつとめている訳だが、洞和先生は表絵師である駿河台派のお方だ。むろんその洞和先生の門を叩《たた》いた私も駿河台派だ。私はな、もうおまえさんに教えるものはないなと思っていたところだ。江戸に出れば得るものは無限にある。土佐藩のためにも、むろん自分のためにもここは正念場だ。しっかりと修業してきてもらいたい」

池添楊斎は、じっと金蔵の顔を見た。

「ありがとうございます」

金蔵は二人の師に頭を下げた。

まさかこんな幸運が目の前に転がって来るとは青天の霹靂《へきれき》だ。

江戸に出て充分な修業が出来れば、狩野家の号の一字だって授かれるかもしれないのだ。

金蔵の気持ちは既に江戸に向かっていた。

昨夜金蔵は辰之助と『きっと身分の殻を破《やぶ》って這《は》い上がって名を成そう』と互いに誓い合ったところである。

——辰之助には悪いが、わしが先に幸運の札を摑んだようだ。

まだ見ぬ世界に金蔵は胸を躍らせた。

三

二月十七日、いよいよ徳姫が江戸に向けて出発することになった。

総勢二〇〇名、陸尺は金蔵を入れて一六名、四人ずつ交代で担《かつ》ぐのだが、大手門出発の折は、まずは陸尺に熟知した先輩四人が城下を出るまで担ぐことになっている。

金蔵は新米の陸尺三人と一緒に、この日まで十日間の特訓を陸尺頭から受けていた。

徳姫のこの旅は婚礼に向けてのものだ。

徳姫の女乗物は、漆《うるし》塗りに蒔《まき》絵をふんだんにほどこした豪華絢爛《けんらん》の乗物だと聞いている。

陸尺は、その乗物の中で姫様が心地よく過ごせるよう、極力揺れないように担ぐのはむろんのことだが、乗物に毛ほどの傷もつけてはいけない。細心の注意が必要だと口を酸《す》っぱくして言われている。

また、道中は無駄な会話は慎《つつし》むこと、勝手に酒を食らったり博打《ばくち》をすることも御法度《ごはっと》、発着の時刻を遵守し、陸尺頭の命に従うこと。

さらに、江戸までの道中、さすが土佐藩の陸尺だと他国の者に思われるよう気配りを怠《おこた》るなと厳しく申し渡された。

「特に！」

陸尺頭が声を張り上げて言ったのは、

「こんどのお行列は、婚儀のための旅だ。道中決して行列の先を乱されるようなことがあってはならん。鉢合わせになった行列には事情を話して道を譲《ゆず》ってもらう」

徳姫のこの先が順調で幸せであることを祈っての言葉だった。

金蔵たち陸尺は、この日、陸尺頭の言葉を頭にたたき込んで隊列を組んだ。

そこに、姫を乗せた女乗物が担ぎ出されて来た。

「おう……」

思わず声が挙がった。金蔵など目にしたこともない豪華さだった。

「お立ちぃ！」

いよいよ出発だ。

乗物の前後は裃《かみしも》姿の武士たちが警護し、徳姫お付きの奥女中一〇人が乗物の前後左右に付き、金蔵たち陸尺もそれらに続いて、大手門から城下の大通りに出た。

すると、大勢の見物人が大通りの両脇に群れているのが目に飛び込んできた。その群れは大通りが続くずっと向こうまで続いている。

皆徳姫の無事と幸せを願って集まって来た者たちだった。

「ふん……」

馴れない旅の出発だが、金蔵は奮《ふる》い立っていた。

なにしろ陸尺の出《い》で立ちは、黒の着物を粋に端折《はしょ》り、同布の土佐柏《かしわ》の紋の入った法被《はっぴ》を着て、腰には刀一本を差し、他の武士や足軽《あしがる》たちと同様一文字笠《いちもんじがさ》をきりりと被っている。

特に土佐の陸尺が締めている帯は、白と黒とのねじり模様。六尺はあろうかと思える背の高い男達が揃ってのこの出で立ちは、いかにも力強く、頼もしく見える。

金蔵たちは城下を出れば四半刻（約三〇分）ごとに交代して担ぐ予定だが、出発時のこの時は、乗り物の後ろに列をつくって従った。

「金蔵、金蔵！……」

母のおるいが、大通りに群れを成していた大勢の見送り人の中から、案じ顔で手を振っているのが目に入った。

母と一緒に十三歳になった弟の虎吉《とらきち》も手を振ってくれている。

だが、父親の専蔵の姿は無かった。

専蔵は金蔵が絵師になりたいと言った時にも、冷たい視線をくれただけで無言だった。

仁尾順蔵が、この子の面倒はみるからと説得に来た時にも、専蔵は無言で俯《うつむ》いて聞いていただけだ。

仁尾の店と専蔵の店は同じ町内にある。しかも金蔵の母おるいは、昔仁尾家で女中をしていた。そういう事情もあって、仁尾は多くの客を専蔵の店に紹介してくれている。

だから専蔵は、仁尾の言うことに何一つ反論も嫌も言えず、黙って頷くしかないのである。

しかしその鬱屈《うっくつ》したものが、時々金蔵に向かってくるのだった。

専蔵は人の前ではにこにこしていて穏やかな人に見えるが、家の中では短気なところを見せた。

いつぞやも、言いつけていた店の手伝いをしなかったと専蔵は怒りに任せて、手にしていた剃刀《かみそり》を金蔵に投げつけてきたことがある。

剃刀は金蔵の頬を掠《かす》めて背後に飛んだ。

「親父、何するんじゃ！」

十五歳になっていた金蔵は、父親に走り寄って胸ぐらを摑んだ。もはや腕力で小柄な父親に負けることは無い。ぐいっと父親の首を絞め上げようとしたその時、母のおるいが走って来て、

「止《や》めて、止めてつかあさい。金蔵もあんたも……」

必死で二人の中に入り、

「金蔵、謝りや、はよう……」

泣きながら叫ぶ顔の母を見て、金蔵は不承不承謝った。

「おまえが甘やかすからじゃ！」

専蔵はおるいに毒づいて怒りは治まったが、この時金蔵は、はっきりと父親に愛されてはいないと感じたのだ。

父親が弟の虎吉に対する態度と金蔵に対する態度には、天と地ほどの違いがある。

虎吉が金蔵のように絵を描きたいと言い出すと、専蔵は白い紙と筆と墨をふんだんに与えて、虎吉が描いた絵を、店の壁に貼り付けて客に披露《ひろう》しているのだ。

もうずいぶん前から金蔵は、自分は専蔵の倅ではないかもしれないと思っていたが、剃刀を投げられたことで、

——親父はわしを、本気で殺そうとしたのだ。

はっきりと真の父と倅ではないと確信した。

だが、だからといって、そのことを母に問い質《ただ》すことはしなかった。母を苦しめたくなかったし、そんなことなど頓着《とんちゃく》無しに、自分を兄だと慕《した》ってくれる虎吉の嘆《なげ》く姿を見たくなかった。

このまま胸に秘めておけば良いことだ。そう思うものの、このたびも江戸に行く話を父親に伝えると、

「おまんはもう勝手にすればええ。この店は虎吉に継がせるきに。家の手伝いもせんと絵

を描いて遊んできた親不孝者じゃ。もう二度とこの家の敷居は跨《また》がんと誓うて行くんや、分かったな」

親子の縁を切ったかのような見送りの言葉をくれたのだった。

──獅子は我が子を千尋《せんじん》の谷に落とすとの言い伝えもあるらしいが……。

それは子を愛するがための行為だ。

専蔵の言葉を、情を含んだ励ましの言葉とは金蔵には思えなかったが、今更冷たくあしらわれたところで驚きもしない。

──親父に言われるまでもない。二度とこの家の敷居など跨いでやるもんか……。

口には出さぬが、金蔵は強く心に誓って家を出て来たのだった。

ただ、やはり長い間土佐を離れるとなると切ないものだ。思わぬ感傷に浸《ひた》りながら町の様子を目に焼き付けていると、

「金蔵、これを持って行け」

大通りを抜けるところで、桑島辰之助が走って来た。

「辰之助……」

「約束やぞ、分かってるな」

辰之助は金蔵の手に、なにやら小袋に入った物を押しつけた。餞別《せんべつ》のようだ。

「おおきに」

金蔵が礼を述べると、

「それにしてもその格好、よう似合うちょるぜ」

辰之助は笑って返すと、人垣の方に引き返して行った。

友のありがたさに手を上げて笑みを送ると、辰之助も手を上げて見送ってくれたのだった。

この土佐から江戸までおよそ一月《ひとつき》あまりの旅になる。

大勢の人たちに見送られて行列は城下を抜けると、やがて行路を北に取った。

陸尺の交代だ。

金蔵は仲間の千次郎《せんじろう》と六尺棒を担いだ。

ずしりと重たかった。だがこの自分が、殿様の妹姫を運んでいるという誇りが、金蔵の胸を満たしていた。

土佐の領石《りょうせき》から伊予《いよ》の川之江《かわのえ》までの、およそ二十里（約八〇キロメートル）の行軍が始まったのだった。

四

その晩は一行は布師田《ぬのしだ》に宿泊した。

金蔵たちは本陣の近くの安宿に泊まったのだが、陸尺には酒を出してくれた。

土佐は朝に夕に酒が無ければ一日が終わらぬ。

毎度の参勤交代でも、陸尺には充分な酒が振る舞われるということだったが、このたびは特に姫様ご婚礼のことでもあり、佐川《さかわ》の深尾《ふかお》家老が領内で製造している上物の酒を提供してくれたものだと頭《かしら》から説明があった。

「飲め飲め」

金蔵も久しぶりに酒を呷《あお》った。

「金蔵、姫様はどこの殿様に嫁《とつ》がれるのか知っているか？」

突然千次郎が言った。

「いいや、知らん。今日お宿に入った時に、ちらとお姿を拝見したが、天女のようだったのう」

金蔵はうっとりとして言った。

「御年十九歳じゃと……」

千次郎は徳姫の歳まで知っていた。

物知りの千次郎に金蔵が感心して耳を立てると、

「嫁がれる先は、久居藩《ひさい》藤堂高聴《とうどうたかより》様、伊勢《いせ》久居藩藤堂家第十五代の殿様になられるお方だ。高聴様とは同い年だそうだ」

「ふうん……」

としか金蔵には返事のしようがない。そんな雲の上の人たちの繋がりなど全く関心が無かったからだ。

すると、千次郎は得意げな顔で教えてくれた。

「藤堂家とは土佐藩は縁があるんじゃ。第十代山内の殿様の御正室に久居藤堂家から順《じゅん》姫さまがお輿入《こしい》れになっているからの」

千次郎の胸の中は、すっかり天女徳姫に魅了されているようだった。

金蔵は床に入る前に、桑島辰之助から貰った小袋を開けて中の物を取り出した。

「これは……」

掌《てのひら》に載る小さな起き上がり小法師《こぼし》だった。

安物の泥人形だ。古市場で一月前に辰之助が見付けた物だ。

その時金蔵も一緒だったので覚えているが、小法師は優しげな目が笑っていて、何度倒しても起き上がって笑顔を見せる。

「失敗しても何度でも起き上がれ、言うことやな。わしのお守りにするき」

辰之助はそう言って、なけなしの銭をはたいて買ったものだ。

金蔵は起き上がり小法師を掌に載せると、何度も起き上がり小法師の人形を押し倒してみた。するとそのたびに、難なく起き上がり、優しい笑みを見せてくれる。

——辰之助……。

金蔵は、起き上がり小法師を握りしめた。

辰之助の気持ちが嬉しかった。

その晩から金蔵は、起き上がり小法師を懐《ふところ》に入れて、肌身離さず過ごすことに決めた。

翌朝、一同はここで旅装を変えた。

城下からこの地まで立派な行列衣装に身を包んでいたが、ここからは山越えの為の衣服に着替える。

上士の侍《さむらい》達は裃を脱ぎ、綿入れの上着に変えて、寒さを防ぐ旅装となった。

一行は翌日は本山《もとやま》で一泊、立川《たぢかわ》で一泊、そしてそこから難所と言われている笹《ささ》ヶ峰峠《みねとうげ》に向かった。

山また山の中を一行は進むのだが、急な坂を上るための女乗物を担ぐのは至難の業《わざ》だ。まだ冬の名残《なごり》のある山の斜面の木陰や草陰には、溶け残った雪があちらこちらに見え、空気は冷たく、足元は濡《ぬ》れて滑りやすい。

悪路な道を足元に気を付けて上り詰めると、周囲を笹で覆《おお》い尽くされた広場に出た。ここにもまだ雪は残っていたが、ここで一行は小休止すると言われてほっとした。

「土佐が見えるぜよ！」

誰かが山の尾根に立って大声で叫んだ。

金蔵も木々の間から見える土佐の山々を眺めた。

薄い霧が山々の頂上を残して山肌に棚引いている。幻想的な景色だった。

「そなたが金蔵か」

金蔵と千次郎が地べたに座って竹筒の水を飲んでいると、姫様付きの四十も半ばの女中が近づいて来た。

「は、はい」

慌てて金蔵が畏《かしこ》まって両膝をつき、女中を見上げると、

「絵師の修業に参るのだな」

女中は念を押した。金蔵は頷いた。すると、

「姫様がお呼びだ。本来なら御目見得叶《おめみえかな》わぬことではあるが急を要する。参れ」

女中は命じたぞという顔をしてみせると、もう背を向けている。

金蔵は急いで女中の後に続いた。

すると、見晴らしの良い一画で家臣達に見守られながら、徳姫が立って山並みを眺めていた。

——姫様だ……。

美しい衣裳《いしょう》に包まれている姫の背を、金蔵は息を呑《の》んで見詰めてから、

「金蔵でございます」

両膝をついて頭を下げた。

陸尺の者も、時には姫の近くに侍《はべ》ることがある。しかしその時にも決して姫のお顔を見上げたりせぬよう、深く頭を下げるべし。

陸尺頭から、金蔵たちはそう言われていた。

「道中じゃ、そのように畏まることはない」

徳姫はそう告げると、

「金蔵とやら、頼みがあります。ここから見える土佐の山々を描いてはくれぬか。出来れ

ば里が見渡せると良いのだが、このお天気ではそれは望めぬ。せめてこの美しい霧の中にそびえる土佐の山を描いてほしい。私も土佐の景色を眺めるのはこれが最後じゃ」

しっとりとした優しい声だった。

金蔵は、ぶるっと震えた。そして、

「暫時《ざんじ》……」

そう告げてするすると後ろ向きに下がって、持参して来た荷物の中から、紙と墨を取り出して一気に描いた。

滑り出した筆は、墨の濃淡と肥瘦《ひそう》の線を駆使し、重なり合うように聳《そび》える山の頂上、それに沿って山裾《やますそ》になだれ落ちる幾《いく》つもの稜線《りょうせん》を、あっという間に描き上げた。

山と山の谷間に靡《なび》く薄い霧も、墨を薄く流すことで表現した。

はるか山裾に土佐の集落を描いたが、これは金蔵が徳姫のために想像して描き加えた景色だった。

「ほう……」

上士の侍数人が、金蔵の背後から絵を覗いて感嘆の声を挙げた。

聳える土佐の山々は凜《りん》とした美しさがあり、そこに流れる霧の帯は旅愁《りょしゅう》の切なさを醸《かも》し出し、まるで漢詩の世界を表現したかのように訴えてくるものがあったのだ。

「申し訳ございません。彩色はできませんきに、これを……」

金蔵は待ち構えていた女中に手渡した。そして平伏して徳姫の言葉を待った。

徳姫は、じっと山の絵を眺めてから、

「見事じゃ。金蔵、ありがとう。良い思い出になります」

金蔵に微笑《ほほえ》んだ。

――わしが褒められた……姫様に褒められた……。

金蔵は嬉しかった。

「有《あ》り難《がた》き幸せ」

礼を述べて顔を上げ、徳姫の顔を仰《あお》いだ。

――なんと美しい……。

金蔵は絶句した。

黒々とした瞳《ひとみ》、鼻筋が通り、可愛《かわい》らしい唇《くちびる》をしている。肌の色も白く人形のようだった。

「金蔵とやら、これほどの才の持ち主だったとは驚きました。この絵、大切にいたしますよ。そなたも更に精進して、狩野派土佐の絵師として力を尽くしてほしいと思います」

徳姫は微笑んで言った。

「は、はい」

金蔵は力を込めて答えた。飛び上がりたいほど嬉しかった。

――ようし、姫様の期待に応えるためにも、きっときっと……。

金蔵の若い胸の高鳴りは、しばらく止むことはなかった。

第三章

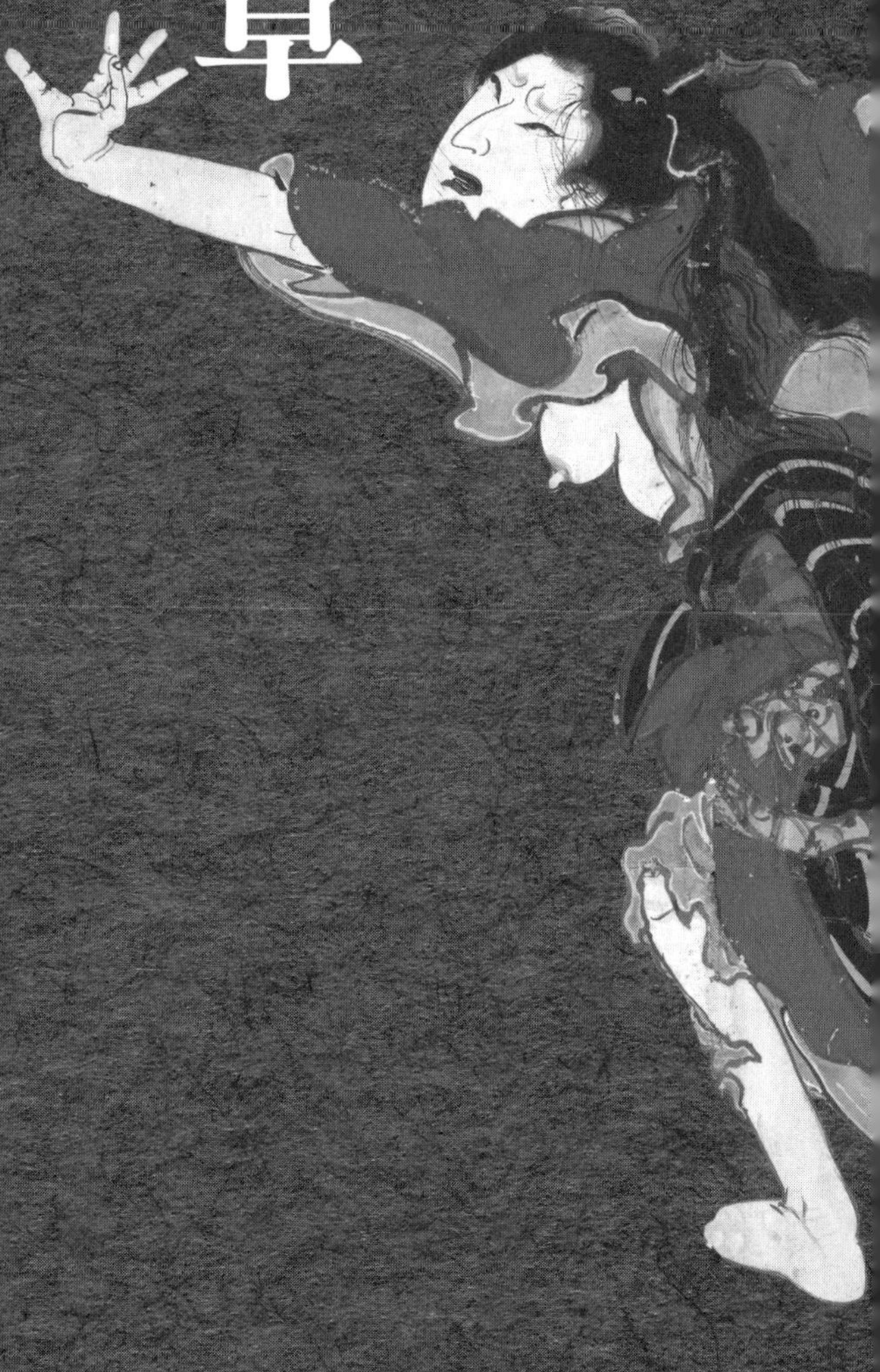

一

金蔵が江戸に出て師と仰いだ前村洞和愛徳《なかのり》の屋敷は、江戸の本郷《ほんごう》にあった。

狩野派表絵師十六家の筆頭駿河台狩野に繋がる画塾で、土佐藩お抱えの絵師である。

玄関を入ってすぐの十畳ほどの広い部屋には、弟子が常時十人ほど居て、それぞれが師から受けている課題に挑戦している。

墨の磨《す》り方、絵具の溶き方、臨写《りんしや》などその者の修練度によって様々だが、兄弟子や弟子頭などから指導を受けて挑戦しているのだ。

今この狩野画塾で学んでいる者は武士の倅か、町人ならば画才ありと認められ、藩主やその他大きな後ろ盾《だて》がある者たちだ。

金蔵が入門出来たのも、池添という前村洞和の弟子だった国元の絵師と、大商人仁尾順蔵という後ろ盾があってこそだ。

しかも金蔵は、池添から洞和への推薦状に、

「金蔵の天分を存分に生かしてやりたいが、私にはこれ以上の物を与えてやることは出来ない。まことにその筆力は奇逸なり」

と書かせての入門だったのだ。

つまり金蔵は、江戸の狩野派塾入門に、申し分ない資格を整《ととの》えていたのである。

ちなみに武士の子であれ誰であれ、画塾に入れるのは、七、八歳頃から筆を持ち、『三巻物』と呼ばれるものが既に描けることが条件だ。

三巻物とは、花鳥、山水、人物など三十六枚を三巻に仕立てた物で、筆の使い方を習得するのが目的だ。

そして入門が許されると、木挽町《こびきちょう》狩野の常信《つねのぶ》が描いた山水人物六十枚を五巻に仕立てたものをまず臨模《りんも》。

これを一年半で終わらせて、次の半年で常信の花鳥十二枚の臨模を終えなければならない。

そしていよいよ一枚物へと進むのだが、金蔵は入門した時に、既にこの段階には到達していたのである。

一枚物とは、福禄寿《ふくろくじゅ》や雪舟《せっしゅう》の一幅物《いっぷくもの》など中国の名家につながる模写で、それが終了すると、探幽の『賢聖障子《けんじょうのしょうじ》』の模写が修業の最終段階であった。

師の別号を拝領《はいりょう》するのは、一枚物を始めてから七、八年後で、師の名の一字拝領はさらに二年の歳月を得て卒業となる。

今大広間に集う弟子達は、一枚物までの修業をしている者達だ。

そしてこの大広間の右手六畳の板の間には、画材や出来上がった絵が置いてあって、弟子頭は今その部屋で、注文を受けていた商人に、絵を広げて見せている。

ざっと眺めただけでも、この画塾の雰囲気は明るい。画塾の部屋の空気は張り詰めているのではないかと思いがちだが、いやいやどうして賑やかだ。

初秋のこの頃は特に、庭に一本ある桜の木にたくさんの残り蟬《ぜみ》がとりついて鳴いており姦《かしま》しい。

一方、別の部屋では息をする音も聞こえないほど集中して臨写に励《はげ》む弟子もいる。

土佐からやって来た金蔵も、弟子入りしてもはや二年半が過ぎ、別の部屋で一枚の絵を前にして、鋭い目で見詰めていた。

金蔵が今穴が開くほど見詰めているのは、探幽が描いた『賢聖障子』の中の『太公望《たいこうぼう》』の絵だ。

修業の最終段階の模写に挑戦しているのだった。

賢聖障子とは、内裏《だいり》紫宸殿《ししんでん》の母屋《おもや》と北廂《きたびさし》九間の間に東西に立てられた間仕切りのことだが、一間一枚で、九枚の押障子で成っている。

中央真ん中の押障子一枚には、上に負文亀《ふぶんき》、下に狛犬《こまいぬ》が描かれていて、その押障子の左右、東側四枚と西側四枚の押障子には、一枚に四人ずつ古代中国の賢聖の画像が描かれている。

その絵の大きさは、縦一尺九寸（約五八センチ）、幅が九寸三分（約二七センチ）だ。

太公望は、東側第四図の一枚にある『仲山甫《ちゅうざんぽ》』という人物と並んで描かれているのだが、この人物、余程額《ひたい》が発達していたらしく、先人の絵師のどの絵を見ても、その額に特徴がある。

今金蔵が手本にしている目の前の探幽が描いた太公望も、大きなお椀を被せたような出っ張った額がまず目に止まる。さらに鋭い眼光、高い鼻など、太公望の容姿には他の賢聖にはない独特の誇張がある。

この賢聖障子の模写は、三ヶ月前からかかっているのだが、金蔵はここで筆が止まっている。

これまでに東の第一図から始めて、ようやく四図の太公望まで進んで来たところだが、

「…………」

金蔵は息を詰めて、もう二日も太公望の画を見詰めている。

頭の中では、金蔵なりに調べて知り得た太公望の人と成りや、その人生の変遷《へんせん》を反芻《はんすう》しているのであった。

その人の生きた足跡を知ることで、模写に息吹きが芽生えるのだと金蔵は考えているのである。

金蔵が知り得た太公望という人は、古代中国殷《いん》の紂王《ちゅうおう》の暴政に嫌気がさして隠棲《いんせい》すること四十年、渭水《いすい》のほとりに釣り糸を垂れて三年、やがて周《しゅう》の文王《ぶんおう》に請《こ》われて軍師となり、さらにそののち殷を滅ぼして斉《さい》の始祖となった智徳に秀でた人物だ。

賢聖の中でも太公望は金蔵の好む人物だった。これまでにも何点か描いたことがあった。

例えば釣り糸を垂れ、兵法の書を腹に持つ魚がかかるのを待っている姿。釣り上げた魚を抱えて、魚の腹に兵法の書を探る姿。また、懐《ふところ》に兵法の書をおさめて、その時を待ちながら糸を垂れている姿だ。

いずれも隠遁《いんとん》生活をしながら、静かに時期到来を待つ浮浪の姿だ。

ところがいま目の前に見る探幽の太公望は、金蔵がこれまで描いてきた隠棲の姿とは違い、新しく仕える王に目通りする時のものなのか正装した姿である。

淡《あわ》い彩色もされていて、晴れやかな場に向かう太公望の希望を秘めた姿である。

上着の色は薄い黄色だ。茶のかかった黒い頭巾《ずきん》を被っているが、やはり額は特段に大きく描かれている。

また眼光の鋭さ、痩せこけてはいるが褐色《かっしょく》の皮膚《ひふ》、頬は張り、長く生やした手入れの行き届いた白い顎鬚《あごひげ》も、自信の程を表している。

金蔵は大きく息をつくと身体を起こし、筆立てから大きさの違う数本の筆を取った。

まずは筆に墨を染み込ませて太公望の輪郭を描き始めた。

その線は強く太く、まず頭巾や身体の骨となる線を一気に引いていく。

次に衣紋《えもん》線を描いていく。この線で緩《ゆる》やかに流れる衣装を表現していくのだが、広い袖《そで》の垂れて揺れている様子は、巧みに筆の大きさや硬さなどを変え、また筆に含める墨の量も変えて描いていく。

顔の頬の痩せこけた様子や鋭い目の光は、陰影を込めた肥痩の筆遣いで表現した。

最後に衣装の襟《えり》や履き物の刺繍《ししゅう》を細かく描き上げると、いったん筆を止めて身体を起こした。

金蔵は全体の出来具合を確かめる。

その目はらんらんとしていて、まるで鬼が何かを探し出そうとする目だ。

むろん金蔵の耳には、隣室の塾生の賑やかな声など全く聞こえていない。全身全霊、極限まで集中しているのだ。

臨写する時、ほんの少しでも気を抜いたなら失敗する……金蔵は常にそう考えているのだった。

筆につけた墨の量、墨の濃淡、筆を運ぶ速さや強さ、筆の線の肥痩、それらは臨写する絵の仕上がりを左右するからだ。

描き上げた物が、生きているのか死んでいるのか、はたまた静止しているか、動きが見えるか、それらを決定づけてしまうからだ。

線が生きていなければ、彩色しても納得した絵には決してならない。

画才の有る無しを決するのは、そういうことなのだと金蔵は考えている。

だから金蔵は、臨写する画を読み取る時間は長いが、筆を取ったら、あっという間に描き上げるのだ。

「ふう……」

金蔵は筆を持ったまま、もう一度念入りに全体を見渡してから、筆を筆立てに戻した。

その時だった。

「金蔵……」

背後に師の前村洞和の声がした。

振り返ると、前村洞和は難しい顔で、

「話がある」

そう言って自室に呼んだ。

金蔵はおそるおそる師の部屋に入った。

「私が何を言いたいか分かっているな」

前村洞和は難しげな顔で開口一番そう言った。

まもなく前村洞和は五十路《いそじ》に入る。温厚な師で、滅多《めった》に今見せているような険しい表情はしない。

いやもっとも、温厚なのは他の弟子への態度であって、金蔵に対してはどちらかといえば厳しい。

自分は嫌われているのではと金蔵は思った事もあったが、土佐を出発する前に池添楊斎から、前村洞和は金蔵と同じ町人の出だと聞いていたから、厳しい指導も金蔵のためを思っての事だろうと考えるようにしてきた。

金蔵も貧しい家の倅だが、前村洞和は幼い頃には付け木を売り歩いていたというのだから、その貧しさは想像できる。

その前村洞和が今の地位を手に入れたのは、ただただ画が好きだった事に尽きる。

前村洞和は付け木を売りながら、駿河台の今は亡き第五代駿河台狩野家を継《つ》いだ洞白愛信《とうはくなかのぶ》の画塾の前を通るたびに、屋敷に忍び入り画室を覗いていたようだ。

その熱心さに打たれた洞白愛信が画塾に入れ、修業させて前村洞和という絵師を誕生させたのである。

今や前村洞和は、土佐藩の江戸詰絵師として狩野派の一端を担っている。

――そうであれば自分だって……。

金蔵は自分の将来に夢を描いているのだった。

だから土佐にいた頃には、桑島辰之助とやんちゃもして、仁尾順蔵や両親を困らせたこともあったが、今は借りてきた猫のように大人しくして狩野派の技を習得するのに没頭している。

何か問題を起こして破門にでもなれば、志したものも水の泡となる。

だから前村洞和が金蔵に厳しい視線を向けようとも、金蔵は同じ町人の出だということで、かえって望みを膨らませてきた。

――しかし今日は様子が違うな……。

金蔵は怪訝な目で前村洞和の顔を見た。

「金蔵、お前のよからぬ噂を聞いておるぞ……」

前村洞和は睨《ね》めつけた。

その言葉で金蔵は、あっと気付いた。思い当たることがあったのだ。

この春金蔵は、それまで暮らしていた土佐藩の上屋敷から築地の中屋敷に移っていたが、同じ長屋で寝起きしている徒《かち》の中井重三郎《なかいじゅうざぶろう》という男に誘われて、歌舞伎《かぶき》や人形浄瑠璃《じょうるり》の小屋をたびたび訪れている。

江戸にやって来てから二年の間、金蔵は狩野派の絵を臨写することと、街に出れば風俗や景色を写し取ることに時間を費《つい》やして来た。

物見遊山《ものみゆさん》の気持ちで出かけたことは一度もなかった。むろん女の香に惑《まど》わされるようなこともなかった。

体内に渦《うず》巻く精力の全てを、歴とした絵師になるために費やしてきた。

昼間の画塾での臨写はむろんのことだが、夜も粉本《ふんぽん》を借りて来て燭台の火を頼りに臨写した。

狩野家の教育が『臨写』につぐ『臨写』、『臨写をもって始め、臨写をもって終わるもの』とされている以上、やり遂《と》げなければ絵師としての道は開けない、そう考えて実践してきた。

だが、ようやく臨写も最後の段階まで来た。

賢聖障子の模写までこぎつけたことで、少し心にゆとりのようなものが生じているのは確かだった。

――歌舞伎を観るのも修業のうちだ。きっと絵師としての血肉になる筈《はず》だ……。

金蔵はそう考えて、時間を惜《お》しみながらも何度か芝居小屋に通ったのだ。

果たして、それは金蔵にとっては衝撃的な世界だった。

芝居だけでなく、小屋に掲《かか》げられている看板絵にも刺激を受けたし、帰り道に立ち寄った街の本屋や絵双紙《えぞうし》屋で、浮世絵《うきよえ》や、北斎《ほくさい》漫画に出会ったのも大いに心を動かされた。

いま師の前村洞和に咎《とが》められるとしたら、歌舞伎芝居に通った事しか思いつかなかった。

前村洞和は金蔵の顔色が変わるのをじっと見詰めていたが、

「この塾に入門する時に伝えている筈だな。狩野は絵の世界の頂点に立つ立場だ。その修業をしている者が、歌舞伎芝居にかぶれ、浮世絵に心を引かれて役者絵を描いてみたり、文人画《ぶんじんが》の連中に交《ま》じって書画会に出たりすることは慎《つつし》まなければならぬと……」

厳しい顔で言った。

「分かっちょります。けっしてそのようなことはございませんきに。歌舞伎や浮世絵は絵師の修業のひとつとして覗いてみただけですきに、他者を知ってこそ狩野派の絵の価値が分かるのではないですろうか」

金蔵は、ふと思いついた言葉を並べた。そんな高尚《こうしょう》な考えで言った訳ではないが、よく考えてみると、そういう気持ちにもなっている。

「うむ……」

前村洞和は、じっと見詰めたまま、

「また、小銭欲しさにあぶな画だ、笑い画だと、ひそかに描いては販売している輩《やから》の真似をしているのではあるまいな」

「はい、むろんです」

金蔵は、きっぱりと否定した。

土佐にいた頃には、若い己《おのれ》の身体から漲《みなぎ》る性欲を抑えるために、手慰《てなぐさ》みに笑い絵なるものを密《ひそ》かに描いてみたこともあった。

だが、江戸に出て来てからは、自身の性欲さえも忘れているほどに集中した日々が続いているのだ。

「先生の教えは、守っておりますきに」

きっぱりと金蔵はもう一度否定しながら、いったい誰が「金蔵は芝居にうつつをぬかしているらしい」「金ほしさにあぶな絵を描いているらしい」などと貶《おとし》めるような事を師に報告したのかと、愕然《がくぜん》とした。

第一画塾の者たちの顔を思い浮かべてみるが、心当たりは無かった。

金蔵は日々の暮らしの銭に困ることはない。

仁尾順蔵が必要な金は頃合《ころあ》いを見て送ってくれている。

この江戸で金蔵を学ばせるために、仁尾順蔵がどれほどの金銭の負担や心遣いをしてくれているか、金蔵には分かっている。

例えば江戸行きについても、仁尾順蔵は藩の桐間家老を抱き込んで金蔵を陸尺にしてもらった子細も知っている。

また、江戸詰の山内家お抱絵師前村洞和への謝礼金や指導料、さらにはその洞和の師であった駿河台狩野家への心付けも抜かりがなかったに違いない。

だからこそ金蔵は、月のうち数回、駿河台の洞益春信《とうえきはるのぶ》の画所に通っている。

洞益春信の息子で、次期駿河台家を継ぐ洞白陳信《とうはくのりのぶ》も父と一緒に塾生の面倒をみていて、金蔵も何かと助言を貰っている。

剃《そ》りと呼ばれる町人の倅が、この江戸で受けている手厚い処遇は、すべて仁尾順蔵の心配りによるものなのだ。

「分かっていればそれでよし。悪所通いが過ぎて流罪になった英一蝶《はなぶさいっちょう》は誰もが知るところだが、他にも不運にも破門になった者もいる。くれぐれもそのこと忘れるな。町人の出であるおまえに、わしがとかく厳しく申すのは何故《なぜ》か、分かっておるな」

前村洞和は、ふっと優しい目で金蔵を見た。

「先生……」

初めて見た前村洞和の優しい目の色に、金蔵は思わず目が潤《うる》んできて、慌てて瞬《まばた》きした。

江戸での暮らしは孤軍奮闘、絵師の世界に一人で立ち向かっているような気持ちに取り憑かれていた金蔵だ。

思いがけなく師が見せた、優しい顔が嬉しかった。

「歌舞伎も浮世絵も、狩野派の絵師だということをわきまえてのことなら良い。そなたが考えているように、それもこれも画才の肥やしだ。ただ……」

ここでまた前村洞和の顔は厳しくなって、

「そなたはこの画塾では特別の存在となっている。入門してきた時には既に、狩野派絵師としての多くのものを身に付けていた。一足飛びに賢聖障子に進めたのも、これまで習得してきた実績と、その画才だ。それは誰もが認めるところだ。仲間もそう思っている筈だ。つまりそなたは、皆の羨望《せんぼう》の的だ。しかし、裏を返せば嫉視《しっし》の的だ。些細《ささい》なことで揚《あ》げ足をとられぬよう気をつけることだぞ」

前村洞和の目は、また優しくなっていた。

「肝に銘じて……」

金蔵は深々と頭を下げた。

二

秋の風の冷たさに、ふと襟を合わせるようになった頃、金蔵はようやく賢聖障子の模写を終えた。

――これでさらに研鑽《けんさん》を積み、狩野派の号の一字、名の一字を拝領できれば胸を張って土佐に帰れる。

金蔵は希望に燃えていた。

今日は駿河台狩野の画塾に赴《おもむ》くつもりで衣服を整えたが、中井重三郎が上屋敷から戻って来るのを待っていた。

土佐藩には定期的に、国から便《たよ》りが届けられる。

その中には、藩邸で暮らす藩士たちへの文なども入っている。

重三郎は中屋敷の長屋で暮らしている藩士たちへの文《ふみ》を受け取りに、代表して上屋敷に出向いているのだった。

金蔵に便りを寄越《よこ》すとすれば、まず仁尾順蔵、そして時に池添楊斎や母や桑島辰之助もくれることがある。

国を離れて暮らしていると、便りはなにより嬉しい。

ふた月前に金蔵は、順調に修業が出来ているのは、あの起き上がり小法師から力を貰っているからだと辰之助に便りを送っていた。

だから今日は、その返事が来ているかもしれないと期待しているのだ。

「金蔵さん、きちょりましたよ」

重三郎は一通の油紙に包まれた文を手渡してくれた。

「おおきに」

待ち構えていた金蔵は、急いで油紙を取った。

「旦那さまが……」

文は、仁尾順蔵からのものだったのだ。

金蔵の胸を不安がかき立てた。

仁尾順蔵からは半年に一度、励ましの言葉といっしょに小遣いも送って貰っている。

だが今は、その月ではなかったのだ。この夏に文は貰ったばかりだった。

金蔵は急いで文を開いた。

読み終えて呆然《ぼうぜん》とした。仁尾順蔵の文面には、

――近頃体調が思わしくない。先の便りでは賢聖障子の臨写もまもなく終えると書いてあったが、この冬には江戸を発ち、土佐に帰国してほしい。自分に何かあった時には、もうおまえを支えてやることが出来ぬゆえ――

そのような内容が記《しる》してあった。

「どうした、何かあったがか？」

金蔵の様子が常ではないと気付いた重三郎が近づいて来た。

「土佐に帰ってこい言う文じゃ」

金蔵は仁尾順蔵の文を重三郎に見せた。

「どういうことやろ、お大尽《だいじん》がこんな文を寄越すとは、何かの病《やまい》にかかっちょるのやろか……」

「うん……」

しばらく力が抜けたが、

――辰之助……。

胸に吊《つ》り下げている起き上がり小法師をぎゅっと摑むと、土間に降りた。

「金蔵……」

案じ顔で見送る重三郎に、

「帰るまでにやらんといかんことが、山ほどあるき」

金蔵はそう言い残して中屋敷を出た。

足早に駿河台狩野家に向かいながら、今後の身の振り方を考えねばならなかった。

今になって思うのは、金蔵が土佐を発つ時、城下の名だたる文人画人を集めて盛大な送別会を開いてくれて、格別に嬉しそうな顔をしていた仁尾順蔵の姿だった。

国学や画壇の重鎮で、城下では武士はむろんのこと多くの人から尊敬されている楠瀬大枝も、わざわざ名も無い金蔵の送別会に立ち寄ってくれて、
武《む》さし野《の》や　ふしの高根もうつし絵の
東のつとを　まちわたるなり
という歌一首を餞《はなむけ》に送ってくれたのだ。

——自分はこれほどの人たちに期待されているのだ……。

浮かれていた金蔵はその時そう思ったが、あれだけの有名人を集めたのは、全て仁尾順蔵の力が成し得た技だ。しかし何故だ。

金蔵は腕を組んで歩きながらそう思った。

確かに母のおるいは、仁尾順蔵の店で若い頃働いていた。仁尾順蔵と母とは、主と使用

人の関係だったが、仁尾順蔵はその後も母の暮らし向きをずっと案じてくれている。

金蔵を自分の店に連れて行き、高い紙をふんだんに与えてくれて絵を描く手ほどきをしてくれたのも仁尾順蔵だ。

商《あきな》いそのものが墨や絵具や薬だったこともあり、金蔵は墨のよしあしから始まって、絵具のことや、薬のことまで教えてもらった。

実の父親専蔵よりも金蔵の成長に手を焼いてくれたのは、既に老境に入っていた仁尾順蔵だったのだ。

不思議に思ったことがある。五歳下の弟の虎吉も絵を描くのが好きで、兄の金蔵と同じように仁尾の援助を期待していたようなのだが、

「お前は兄にかわって店を継ぐのだぞ」

仁尾順蔵は、虎吉にそう言い聞かせていた。

――もしや……。

と金蔵は立ち止まった。

これまで口さがない大人たちが、金蔵をからかって言った言葉が蘇る。

「金蔵、おんしゃあ、仁尾のお大尽の隠し子じゃろう。恵まれちょるのう」

お愛想か嫌みなのか、当時の金蔵は曖昧に笑い返して過ごしていたが、仁尾順蔵が店に

やって来ると、母がいそいそとお茶を出していたことを思い起こすと……。

――もしや母とあの仁尾の旦那様が……。

金蔵の胸は苦しくなった。

「何してんだよ！」

立ち尽くしていた金蔵に、ドンッと当たって苛立《いらだ》った声を掛けた年増《としま》の女が、睨み据えて通り過ぎた。

「ふっ……」

金蔵は苦笑した。我に返ると足を速めた。

自分がやるべき事は、仁尾の旦那様と母の昔を詮索《せんさく》することじゃない。

――この与えられた境遇を生かして、絵師としての道を開くことだ……何があってもだ。

金蔵は強い足取りで駿河台に向かった。

三

「金蔵よ、お前に見せたいものがある」

今年中には江戸を発ち、土佐に帰らねばならないと駿河台画所の師、洞益春信に報告すると、師は深く頷いたのち、金蔵を隣室に誘った。

「あっ、これは……」

部屋に入った途端、金蔵は絶句した。

大広間に広げてあったのは、水墨画の手法を生かした、雪に覆われた梅の古木と、雀《すずめ》一羽と尾長鶏《おながどり》一羽が飛んでいる襖《ふすま》絵四枚の作品だった。

画像が目に入った瞬間に、圧倒される力強さ……そして静寂……瀟洒《しょうしゃ》……侘《わ》び寂《さ》びも感じるものだった。

言葉はいらない。ひと目見ただけで、強烈に胸に訴えて来た。

「探幽先生のお作ですろうか……」

金蔵は問いかけながら、襖絵に釘付《くぎづ》けになった。

幕府は奥絵師四家、表絵師十六家を御用絵師として採用しているが、駿河台は表絵師とはいえ、その祖は探幽の養子狩野益信《ますのぶ》に繋がり、奥絵師と同等の地位を得ていた時期もあり、今は表絵師十六家の筆頭である。

奥絵師は旗本並みの屋敷を拝領し、石高二百石、これは探幽の時代から成ったものだが、帯刀も許される御目見《おめみえ》得格。

一方の表絵師は拝領屋敷もなく、御目見得、帯刀も無い。つまり御家人格で扶持《ふち》も町奉行所の同心以下だ。

だが、駿河台は表絵師とはいえ別格で、広い敷地に屋敷を構え、門弟は多く、ここから巣立って行った狩野派の絵師は、各藩に抱えられたり、また町絵師となって狩野派を支えているのであった。

探幽の養子だった狩野益信が駿河台の始まりで、今でも奥絵師四家についで幕府の御用を賜《たまわ》っている。

洞益春信は、夢中で襖絵を見詰めている金蔵に、

「この絵はな。家光《いえみつ》さま上洛《じょうらく》の折、尾張徳川《おわりとくがわ》家が宿舎として新築した上洛殿におさめた襖絵で『雪中梅竹遊禽図《せっちゅうばいちくゆうきんず》』の模写だ」

したり顔で言った。

「雪中梅竹遊禽図……」

おもわず金蔵は口ずさむ。

「実は今さる寺院の襖絵を手がけておってな。それでこれを出してみたのだが、おまえは初めてだろう？」

皺《しわ》のある額を金蔵《ぞう》に向ける。

「はい」

そう答える金蔵の目は、襖絵を見詰めていたが、はっと顔を春信に向けると、

「お願いがございます。縮図を是非……」

膝《ひざ》を正して願い出た。

縮図とは、描かれている画面を縮小して線描だけで描き取ることを言う。

「そう言うだろうと思うていた」

洞益春信がふっと笑ったその時、子息の洞白陳信が部屋に入って来た。

そして金蔵に縮小する和紙を渡した。

「私は先日臨写したところだ」

洞白陳信は、まだ二十代、むろん金蔵より年上の二十代後半だが、この画塾で弟子を育成しているのは、父親の方では無くて洞白陳信だった。

これまでの三年近く、洞白陳信は金蔵を弟のように扱ってくれた。

「ありがとうございます」

金蔵は正座して、墨を磨《す》り始めた。

この画塾に通うのも、あと一月ほどかと思うと、流石《さすが》に胸は熱くなる。

駿河台六代の洞益春信と倅の駿河台七代洞白陳信が部屋を出て行き、金蔵は一人になる

と、紙を広げ、縮図にとりかかった。

この襖絵の構図の基本は、四枚の襖のうち、右側から三枚の襖に、右端の襖から二等辺三角形の樹形が伸びていて、太い幹と枝に雪が積もり、右の襖に雀が一羽飛んでいるのが見える。

圧巻なのは枝が伸びているのは右から三枚目の襖までで、四枚目の襖は余白になっていて、ただ一羽の小さな尾の長い小鳥が飛んでいるばかりだ。

ところがこの鳥の視線が絶妙で、三枚目の襖まで伸びて来た枝の突端を眺めている。

探幽は空白の美を描く絵師だと言われているが、まさに目の前の襖絵は、宏大な余白が余韻のある空間を成し、それが人の心に訴えているのだった。

金蔵は、墨線の強弱、肥痩を駆使して一気に梅の木を縮図した。

また、後の参考のために襖の引手位置も書き終えて筆を置いた。

「出来たようじゃな……」

洞益春信が入って来て縮図を覗く。

「ありがとうございました」

金蔵は頭を下げた。

「ふむ、それとどうじゃ……先ほどさる寺院の襖絵を手がけておると申したな。少し手が足りぬのじゃ。手伝ってはくれぬか」

春信は、さらりと言った。

「わしが……よろしいのですか」

金蔵は聞き返した。

「むろんだ。おまえさんは充分に狩野の絵師としての腕はもっている。実は洞和にも声を掛けていたのだが、土佐藩から贈答用の屏風《びょうぶ》にとりかかるよう命じられたと言ってきたのだ」

「是非、是非お手伝いをさせていただきたく……」

金蔵は改まった口調で言った。

「では早速明日から頼む。洞和にはわしが事情を伝えておく」

洞益春信は痩せた頬を撫《な》でながら言った。

四

翌日から金蔵は、春信が指定した寺院に出向いた。

既に大広間には狩野派の御用絵師二十人ほどが集められて、襖絵の制作にかかっていた。

それぞれが紙の上に渡し板を掛け、それに乗って彩色している。緊張感が部屋一帯を覆っている。

金泥《こんでい》を引く者、砂子《すなご》を撒《ま》いている者、襖の裾に引いている骨描《こつが》きし隅取《くまど》りした野花に彩色している者などが見える。

いずれの襖絵にも広い空白を取ることで、草花の景色そのものは瀟洒だが、落ち着いた風情が漂《ただよ》っている。

そしてもう一団の絵師たちは、あの探幽の『雪中梅竹遊禽図襖』を連想させるような、紅梅図《こうばいず》に取りかかっていた。

梅の幹はやはり二等辺三角形を置いたように屈折して伸びていて、その幹も枝も堂々たるものだ。

そしてこちらは墨画に薄い彩色を施《ほどこ》すつもりのようで、襖絵全体から受ける印象は、寂々《せきせき》たる中に、華やかさや清涼感が感じられた。

「金蔵、どうだ……」

背後から声がして、振り向くと洞白陳信が近づいて来た。

「素晴らしいです」

金蔵は素直な感想を述べた。

「だろう……このたびの仕事は、父から委《まか》されてな。私が全てを差配しておる。向こうの草花の襖は、礼の間《れいのま》の襖だ。そしてこちらがわの梅の襖は、衣鉢の間《いはつのま》だ」

洞白陳信は自信たっぷりの声で言う。

礼の間とは、方丈の応接の間で、衣鉢の間は師が弟子に法を継ぐ部屋の事だ。

「先生、わしはどのようなお手伝いをすればええですろうか」

金蔵は尋ねる。自分も皆のように一刻も早く携《たずさ》わりたくて、わくわくしているのだ。

「お前さんに頼みたいのはむこうの仕事だ」

洞白陳信は、すたすたと先に立って廊下に出た。

仏間に入る手前に杉戸二枚が見えてきた。

「あれだ」

陳信は杉戸に近づいて立ち止まった。

「これは！」

目の前二枚の杉戸には、松の幹と、その幹を摑んで下方を窺《うかが》う鋭い目を放つ鷲《わし》の絵が、墨で描かれている。

墨の線の力強さ、濃淡を駆使した墨画で、隅取りを終え、これから彩色するところだ。

「私の作だ」

陳信は言った。

「見事でございます。この杉戸は、ここで悪を祓《はら》うかのごとくに見えます」

金蔵は率直な感想を述べた。

やはりこの絵も、右の一枚目から伸びた幹は、二枚目に掛かったところまでで、後は広い空間になっている。

探幽の好むところの構図である。

「色指定はこの紙に書いてある。おまえさんはこれに彩色してくれ」

「わしが一人で？」

「そうだ、おまえさんは近く土佐に帰るのだろう？」

「先生……」

金蔵は胸が熱くなった。

洞白陳信は自分に花を持たせようとしてくれているのだ。

「いいか、思う存分にな、やってみろ。おまえさんの心に今訴えてきたものを、彩色でさらに強いものにするのだ。言っておくが、失敗は許されぬぞ」

陳信はそう告げると、すたすたと大広間の方に帰って行った。

金蔵は杉戸の前に正座した。

じっと描かれた線を眺める。

まさかこんな大事な仕事を任されるとは、考えもしなかった金蔵だ。

土佐に帰れば、もう二度とこの江戸に戻って来ることはないだろうことは想像出来る。せめて号の一字も賜って土佐に帰りたいものだと思っていたが、もはやその夢は捨てなければならない。

だが江戸滞在の最後に、狩野家駿河台から大切な仕事を任せてもらえたことは、金蔵にとっては大きな成果で、自信に繋がるのは間違いない。

金蔵は立ち上がった。金蔵の耳にはもう何も聞こえてこない。

杉戸に集中したその目は、次第に鬼の目のような強い光を放ち始めた。


金蔵が杉戸の彩色を終えたのは、十一月も半《なか》ばになっていた。全身全霊をかけた満足感が金蔵にはあった。

幹の彩色は茶を軸とした暗色、濃い緑の松の葉の彩色とは対照的だが、それがかえって相乗効果を生み、幹の強さと、千年も万年も青々としているだろう緑の葉が生きている。

また金蔵が、細部に神経を尖《とが》らせて色を入れたのは、鷺の脚と遠くを睨む鋭い目であった。

幹を鷲摑みにしている鷲の脚の爪は鉤爪《かぎづめ》で、屈曲した関節の節々が鷲の脚の強さを強調するが、これはうまくいったと思った。

そして肝腎要《かんじんかなめ》の鷲の目は、一番神経を使った。

――遠くの獲物をはっきりと捕らえた目を……。

金蔵は子供の頃に、鷹の絵を髪結床の店の前で描いていた時、見知らぬ老僧に言われた言葉を思い出しながら、細心の注意をはらって色を入れた。仕上げた鷲の目が煌々《こうこう》と光を放つのを見詰めながら、あの時から自分の人生は変わったと思った。

本格的に絵師の道に進めたのは、あの鷹の絵がきっかけだったのだ。

この度《たび》の鳥は鷲だが、あの折と同じように何か僥倖《ぎょうこう》の兆《きざ》しのような気がした。

――それにしても……。

杉戸に引いた墨が、彩色によっていっそう生き生きとして見えるのは、洞白陳信の骨線の確かさだ。

陳信があの時言った通り、彩色したことで杉戸絵の迫力が増した。骨線そのものが弱ければ、この力強さは無いと思った。

金蔵は細部を点検してから、陳信に彩色が終了した事を報告した。

するとまもなく、陳信は難しい顔でやって来た。

そして、じいっと杉戸の彩色を見詰めていたが、緊張して控えている金蔵に、

「まあ、いいだろう」

合格の言葉をくれたのだった。

ようやく駿河台から解放された金蔵は、土佐に帰るための荷物作りに取りかかった。

仁尾順蔵と約束した期限は一月も過ぎていたのだ。

ただ仁尾順蔵には、杉戸への彩色があり、それを終えたら帰国すると報告している。

昨日は街に出て、欲しかった本や浮世絵などを、残金を使って買い込んだ。

今日は朝から荷造りにかかっている。

送る荷物のほとんどは、三年間修業して描き溜《た》めた粉本や写生綴《つづ》りや縮図綴りなど、これからの金蔵を支え、導いてくれるものばかりだ。

「ふう……」

あらかた行李《こうり》に詰め終わったところに、中井重三郎が近づいて来た。

「金蔵、お前は幾つ荷物を送るがよ」

呆《あき》れ顔で荷物を覗き、

「ひい、ふう、みい……」

などと数えているると思ったら、

「なんだこれは……」

行李の中を覗き、手を突っ込んで綴りの一冊を取り上げると、

「がははは、こりゃあ面白い」

重三郎は金蔵が本屋で買い求めた『北斎漫画』を見て笑い転げた。

「この顔、見てみいや……ドジョウすくいかよ。よくもこんな珍《ちん》な顔が描けるもんじゃねや」

北斎漫画は、人や動物や植物、風景など、さまざま描かれている絵本である。

重三郎が今見ているのは、長い楊枝《ようじ》の一方を鼻につっ込み、もう一方を下唇で支えている変ちくりんな顔だ。

また別の絵は、紐《ひも》を鼻にひっかけて、その紐を耳に掛けて引っ張って顔を変ちくりんにしたものとか、とにかく様々なやりかたで顔を弄《もてあそ》んでいる絵であった。

「面白いやろ、これを手に入れるの苦労したんじゃ。何軒も本屋を廻《まわ》った……わしはもう江戸に出て来ることもないじゃろう思うてな」

ついしんみりとなる金蔵だ。

「なあに、きっとまた出て来る機会もあるちや。それよりな、今晩はみんなで送別会をや

ろう言うちょるき、楽しみにしちょって。そうそう、上屋敷に今陸尺の千次郎も来ちょるがよ。千次郎も今夜ここに来るきに」

重三郎は生唾を飲み込んで言った。

送別会の話をしただけで、酒と肴《さかな》が頭の中をぐるぐるまわって生唾が出て来たようだ。

「わしもみんなに何かお礼をせんといかんと思うちょったところやき、鳥、買うてくるわ。シャモ鍋するか」

金蔵もすっかり嬉しくなった。

「こっちにはシャモは無いろう?……まっ、無ければ無いで、何かうまい魚でもあれば御《お》の字《じ》や」

よしっと金蔵は頷くと、財布を懐に土間におりた。

するとそこに、前村洞和の画塾の若い塾生がやって来た。

「先生からの伝言です。今すぐに駿河台に参るようにと」

「駿河台に……」

金蔵は聞き返した。もしや彩色した杉戸の事で何か問題があったのかもしれないと思ったが、

「先生は既に駿河台に向かわれました」

と言う。

「洞和先生も呼ばれたのか？」

ますます不安になって聞き返すと、

「はい」

若い塾生は頷いて、

「金蔵さん、もうすぐお国に帰られるんですね。残念です。どうかお元気で……」

一礼して帰って行った。

金蔵は不安に駆られながら急ぎ駿河台に向かった。

「おう、来たか来たか、洞和どのも父上もお待ちじゃ」

玄関に現れたのは洞白陳信だった。

金蔵は陳信に従って、洞益春信の部屋に入った。

既にやって来ていた洞和は、神妙な顔で金蔵に、ここに来て座れと手で示した。

「杉戸の彩色を見せてもらった」

洞益春信はそう言ってから、金蔵の顔をじっと見て、

「そなたに号の一字『洞』の字を授けることにした」

と言った。

「先生！……」

まさかの言葉に驚いて顔を上げると、

「そなたには駿河台狩野の充分な画才はある。まだ名を与える年月には達していないが、洞和から聞いたところでは、洞和の弟子、池添楊斎美雅から、名の一字『美』は貰っているらしいな。先々代、駿河台狩野四代の、狩野洞春《とうしゅん》の名も美信《よしのぶ》だ。美の一字は美信の一字でもある」

洞益はにやりと笑って、

「よってお前には、我が洞益の号の一字『洞』の字を遣わす」

「先生……」

金蔵の声はうわずっている。

すると、洞白陳信が折敷《おしき》に何か載せたものを父親の洞益に渡すと、洞益から師の洞和の手に、そして洞和が金蔵の前に置いた。

折敷の上には半紙が乗っていて、それには墨で『林洞意美高《はやしとういよしたか》』と大書されている。

はっとして洞益の顔を仰《あお》ぐと、

「これからそなたは、林洞意美高と名乗るのじゃ」

洞益は言った。

「林……わしの名字は林でございますか……林洞意美高……」

金蔵は夢でも見ているような顔で、師の前村洞和の顔を見た。まだ半信半疑だ。

「林という姓はな、土佐の、後継の無い医師の家の名字を仁尾殿が買い取り、既に譲り受けていたようだ……お前のためにな」

洞益は説明する。

「仁尾の旦那さまが……医師の名字を……」

金蔵は呟く。

「帰国すれば、おまえは藩に仕える御用絵師に加わることになるだろう。そうなれば御用に携わることの出来る身分が必要だ。お前も知っている通り、幕府のお抱絵師には奥絵師と表絵師があり、上様に御目見得出来るか否かで、またその身分が分かれるのだが、これは藩においても同じこと……」

金蔵は目を丸くして耳を欹《そばだ》てる。

「御用絵師が何故医師の名字を求めるのか、それはな、奥絵師、表絵師は、奥医師、表医師に準ずる者として召し抱えられる事になっておるからだ。もっと詳しく言うと、その奥医師、表医師の身分は、奥坊主《ぼうず》に準ずるところからきておる。だから奥医師も奥絵師も位を極めると剃髪《ていはつ》して僧の頭を呈《てい》するのだ。まっ、難しい話はさておき、これで万端《ばんたん》国元の絵師としての身分は整ったことになる。仁尾殿への感謝を忘れずな」

洞益の言葉に、金蔵は神妙な顔で頷いた。

つまり医師は同朋《どうぼう》（坊主）の身分に倣《なら》い、絵師は医師の身分に倣って、その身分を確立させてきたというのだった。

すると今度は洞和が言った。

「土佐藩の絵師は、わしのような江戸詰と池添のような国元詰がおるが、そなたは国元で御用を足すことになる。励むが良い。お抱絵師はどこの藩にでもいる訳ではない。大藩でなければお抱絵師など置けぬ」

金蔵は深く頭を下げた。

「励むのじゃ。表絵師筆頭駿河台の師弟として土佐の国にて狩野の名を高めよ」

洞益は微笑んで金蔵を見詰めた。

——林洞意、美高……林洞意美高。

金蔵は、胸の中で復唱していた。

第四章

一

年が明けて天保《てんぽう》四年（一八三三）正月五日、林洞意美高となった金蔵は、仁尾順蔵に連れられて、高知城の北の口堀端《くちぼりばた》にある家老の桐間蔵人《きりまくらんど》清卓の屋敷に向かった。仁尾は町駕籠《かご》に乗った。矍鑠《かくしやく》として筋骨逞《たくま》しかった仁尾も、いまや杖《つえ》無くしては歩くのが苦痛のようだ。

そんな主《あるじ》を案じながら藤吉が供《とも》をする。

なにしろこの年は元旦から雪が降り、とりわけ寒かった。街を歩いていると、吹き抜ける風に、身を切るような痛みを覚える。

金蔵も駕籠に寄り添って歩きながら、仁尾の体の衰弱に心が痛んだ。

金蔵が帰国したのは昨年十二月暮れ近くになってからだが、仁尾は病床にありながら、帰国した時の洞意の住処《すみか》を掛川町《かけがわまち》に用意して、しかも藤吉を出迎えに寄越してくれたのだった。

髪結いの実家には帰りづらいだろうと、金蔵の身を案じてのことだった。

一階が台所と二部屋、二階にも二部屋ある仕舞屋《しもたや》で、藤吉の話によれば、絵師としての体裁を整《ととの》えるよう仁尾が命じて賃借したようだ。

洞意となった金蔵は、その家に旅の荷物を置くと、すぐに仁尾順蔵の見舞いに出向いた。

仁尾は少し足が不自由になっていると藤吉から聞いていたが、僅《わず》かにやつれた感はあったものの、相好《そうごう》を崩《くず》して迎えてくれた。

「林洞意美高でございます。重ね重ね、ありがとうございます」

金蔵は深く頭を下げて礼を述べた。

「良くやった。そなたは土佐藩画師の一員に加えられることとなったぞ。扶持米《ふちまい》は二人扶持だ。御目見得《おめみえ》も帯刀もむろん無いが、いずれ画局の長となるように励《はげ》むのじゃぞ。そうなれば帯刀も夢ではない。それとな、おまえは家老桐間家の預かり支配となっておる。年が明ければ早々に、御家老の屋敷に挨拶《あいさつ》に行かねばなるまい。御家老はきっとお前の力になってくれる筈だ」

仁尾は先のことまで見越したような口調だった。

「御家老の家の預かり支配ですか……」

洞意は聞き返した。聞き慣れない言葉だったからだ。

「さよう。郷士の面々も家老の家に預かり支配という形で、その身を委《ゆだ》ねている者が多いのでの。まあ、それに倣ったということだ。絵師の中には、もともと家老や藩重役の家来がいる。その者たちは主に仕《つか》えながら藩の画局にも出入りしている。しかしお前は町人の出だ。林の姓を譲《ゆず》り受けたといっても、主がいる訳ではない。そこで桐間家差配《さはい》の中に入れてもらったという訳だ」

仁尾は嬉《うれ》しそうに説明した。ともかく駿河台の洞の一字を拝領しての帰国を、我が事のように喜んだ。

早速仁尾は絵師や文人を料亭に招き、林洞意美高の帰国祝いの宴会を開いてくれたのだった。

招待を受けた者たちは、仁尾が療養中だと聞いていただけに驚いていた。

そして今日、いよいよ家老桐間蔵人に目通りすることになり、金蔵は仁尾に連れられて桐間家の屋敷に出向いたのだった。

「こちらが桐間家のお屋敷ですか……」

門前に到着した金蔵は、立派な門構えに驚いた。

三人が屋敷の玄関に立つと、若党が出て来て言った。

「旦那様は乗馬のお稽古《けいこ》ですきに……」

「何、下乗りなさっておられるのか……」

仁尾は呆《あき》れ顔をしてみせたが、

「馬場に行ってみるか」

金蔵に言った。

仁尾は藤吉には店に帰るよう命じて、金蔵と二人で屋敷の右手にある木立《こだち》の向こうを目指して歩いた。

仁尾はやはり足を引きずっている。金蔵は仁尾の足元を気遣いながら付き従った。

仁尾は歩きながら金蔵に話しかけた。

「お前も知っての通り、わが藩では正月の十日過ぎに『乗初《のりぞめ》』と『船乗初《ふな》』の大行事がある。まずは乗初から始まるのだが、桐間家老はそれに備《そな》えての下乗りらしい……」

金蔵は頷《うなず》きながら聞いている。乗初のことなら何度も見たことがあった。

乗初、船乗初の儀式は土佐の正月の名物行事で、町人も提示された場所でなら、勇壮な行事を見物出来るのであった。

例えば乗初については、当日家老十一家が家来を従え、城の南西桝形《ますがた》と呼ばれる大広場から、甲冑《かっちゅう》姿で馬に乗り、城下を東に突っ切って、堀留《ほりどめ》という場所までの八町（約八七二メートル）余を走り抜けるのだ。

藩主が在国の場合は藩主に披露《ひろう》する訳だが、藩主が江戸に滞在の折には、筆頭家老佐川の深尾家老がこのお役目に就く。

ただ、この天保の時代に、戦場に赴《おもむ》く姿で一族郎党、旗指物《はたさしもの》を打ち立てて法螺《ほら》や太鼓《たいこ》を勇《いさ》ましく鳴らして走りきるのは、至難の業《わざ》だ。太平《たいへい》の世に慣れた武士だ。常々身体《からだ》を鍛《きた》えておかなければ失態を披露することになる。

昔のことだが、家老が馬から落ちた家は、そのことで断絶となった。だから正月を迎えるたびに家老達は戦々恐々なのだ。

家老の桐間蔵人も、この日は朝から今年の乗初に向けて乗馬の稽古をしているということだ。

桐間家は三千五百石、屋敷地は二千五百坪《つぼ》。仁尾と金蔵が敷地内にある木立を抜けると、突然馬の蹄《ひづめ》の音が聞こえて、桐間蔵人と嫡男《ちゃくなん》の桐間将監《しょうげん》が、こちらに馬を走らせて来た。

「ドウ、ドウ……」

桐間親子は馬を止めて、金蔵と仁尾を一瞥《いちべつ》した。

すぐに嫡男の将監は、馬を駆けて馬場の方に戻って行ったが、父親の蔵人は家来の手を借りて馬から降りた。

桐間蔵人は背の低い痩せた男だった。色は黒く見栄《みば》えは良くない。ところがそんな外見を補《おぎな》うように、目は鋭《するど》く、威圧的で、人を見透《みす》かすような視線を送って来る。

「御家老、お見事でございますな。乗初を拝見するのが楽しみです」

仁尾順蔵が世辞を述べると、

「ふっふっ」

世辞でも嬉《うれ》しいらしくて、桐間家老は含み笑いを返して来た。そして、

「帰って来たのだな……」

じろりと金蔵を見た。

「はい、林洞意美高となりました」

金蔵は平伏した。

桐間家老は一瞥をくれると、すぐにその視線を仁尾に向けた。

仁尾はそれを待っていたかのように、

「ご報告しました通り、駿河台狩野から号の一字を賜《たまわ》りましての帰国でございます。そして御家老の御尽力も頂きまして、画局の一員に加えていただきました。今後も御家老には何かとお力添えをいただければと存じます。よろしくお願いいたします」

神妙な顔で告げた。

「うむ」

と鷹揚《おうよう》に桐間家老は応じた。その姿は、鼠《ねずみ》が猫に威厳《いげん》を見せているような感じだ。

なにしろ桐間一族は野中兼山を失脚させるために、いの一番に手を挙げて、その手はずを整えた家だ。

野中兼山失脚後に、盤石《ばんじやく》な地位を得られたといっても過言ではない。

警戒心と向上心はどの家老よりも強いと聞いているが、なるほどその風体には片鱗《へんりん》が垣《かい》間《ま》見える。

ただ、仁尾順蔵と桐間家老を並べて見てみると、仁尾の方が余程恰幅《かっぷく》がよく、家老に見えるのではないか……金蔵は絵師の目で二人を眺《なが》めていた。

とはいえ、土佐藩では他の藩よりも身分制度は厳しい。いかに仁尾の風采《ふうさい》が良いと言っても今の身分は町人だ。

仁尾もそれは承知で、桐間家老との受け答えには心を配っているようだ。

一方で桐間家の台所が厳しい折には、仁尾が融通してやっているらしく、桐間家老も仁尾には内心頭の上がらぬところがあるのである。

金蔵には厳しい視線を投げて来ても、仁尾には愛想《あいそ》の良い視線を送る桐間家老だ。

「まっ、仁尾に頼まれては断れぬな」

桐間家老は苦笑すると、金蔵を見て、

「林洞意だったな。そなたは藩の国詰絵師の一人だが、わしの預かり支配となっておるのは聞いておろう。つまりわしの支配下に置かれるという訳だ」

きらっと厳しい目の色に変える。

「はい、お聞きしちょります。よろしくお願いいたします」

金蔵は使ったこともないような、丁寧な言葉で応じて頭を下げた。

「分かっていればそれでよいが、決してこの桐間家に面倒なことを持ち込まないようにしてもらいたい。万が一、この桐間家に不都合なことを持ち込んだその時には、即刻預かり支配を解く」

厳しい桐間蔵人の言葉に金蔵が頷いて恭順《きょうじゅん》の意を見せると、

「さて、早速だが、洞意、今度の乗初のわしの勇姿を描いてみてはくれまいか」

桐間家老は機嫌の良い顔で金蔵の顔を覗《のぞ》いた。

「承知しました」

即座に金蔵が伝えると、桐間蔵人は大きく頷き、再び馬上の人となった。

「そうだ、仁尾、近々もう一度訪ねてきてくれぬか。一杯やろう。美味《うま》い酒を手に入れた。頼みたいこともあるのじゃ」

そう告げると、桐間家老は馬の腹を一蹴りして、馬場の方に走って行った。

仁尾は苦笑して見送っている。おそらく金の融通でも頼むのだろうと金蔵は察した。

二人はそれで桐間家の屋敷を出た。

仁尾はやはり歩く時、右足を庇《かば》って歩いている。

「大丈夫ですか、わしの手に摑まって下さい」

手を差し伸べると、仁尾は金蔵の掌《てのひら》に自分の掌を載せ、ぐいと摑んだ。そして一歩一歩慎重に歩いた。

じんと仁尾の血の温かさが金蔵の手に伝わって来る。

「まだたいしたことはないが、そのうち歩けなくなる。おまえに今のうちに言っておきたい事がある」

仁尾は、堀端の近くに店を出している甘酒屋に金蔵を誘って入ると、床几《しょうぎ》に座った。

注文した甘酒を口に運んでから、仁尾は堀の向こう側に見える城の林を眺めながら、

「わしもあとどれほど生きられるか分からぬ」

ぽつりと言った。

「旦那さま……」

驚いて仁尾の横顔を見詰めると、

「わしが死んだら、おまえを助けてくれる者は池添一人ぞ。慎重に道を歩むことだ。絵師

の仲間は皆競争相手と心得よ。池添はまもなく画局の長となる。その次はお前がなる……それを見届けたかったが、どうやらそうもいかぬらしい」

「そんな馬鹿な……旦那さまらしくもない」

金蔵は否定するが、

「いいや、医者には期限を切られておる。そうでなかったら、お前を江戸から呼び戻すことはなかったのだ。今わしが言ったことを忘れるでないぞ」

金蔵は唇を噛《か》んで、向こう岸の林を見た。

風が林のこずえを揺らしている。余命がもう無いなどと信じたくなかったが、不安が金蔵の胸に広がっていった。

その胸の奥の奥に、一度でいい、尋ねてみたい事が金蔵にはあった。

「旦那さま……」

金蔵は思い切って声を掛けた。

「何だね、何でも言ってみなさい」

金蔵に顔を向けた仁尾の顔を見て、金蔵はやはり怯《ひる》んだ。

「いえ、いいんです、何でもありませんきに……」

呟《つぶや》いて俯《うつむ》いた。

仁尾はじっと金蔵を見ていたが、膝の上で握りしめた金蔵の手に自分の手を乗せ、小さく揺すった。

金蔵の胸はじんっと熱いものに満たされていった。

二人はしばらく堀端に遊ぶ渡り鳥の親子を、黙って眺めていた。

二

仁尾順蔵は、この年の九月に亡くなった。

法名『順誉秋養鱗江信士』六十歳。葬儀は大商人らしくない簡素なもので、金蔵は池添と一緒に線香を手向《たむ》けに出向いた。

仁尾は安らかな顔をして眠っていた。じっと見詰めているうちに、どっと涙が溢《あふ》れて来た。

——今自分がここにいるのは旦那さまのお陰だ……。

何の恩返しも出来なかった金蔵は、楠瀬大枝等と先頭に立って仁尾の追悼《ついとう》書画帖の作成に奔走《ほんそう》したが、出来上がって仁尾家におさめると、力が抜けて筆を取る気にならなかった。

金蔵の画塾に通って来ている少年たちの中に、生意気な少年がいて、

「先生、ふぬけのような顔しちょりますよ」

そう言ってくすくす笑われた。この男児が、後に河田小龍と名乗る文人画家である。藩内の塾でも勉学に長《た》けた少年だと聞いてはいたが、そのせいか子供の癖に自尊心が強かった。

金蔵の画塾にやって来たのも、狩野派駿河台からお墨付《すみつ》きを貰った洞意という絵師だと知ってのことらしい。

ただ、画才はあっても自分より身分も学も劣る師だと金蔵を見たようで、醒《さ》めた目で金蔵を見ることがあった。だから他の塾生のように熱を入れて通って来る訳でもない。

「坊主《ぼうず》、言っておくぞ。わしのふぬけはもともとだが、他人を馬鹿にして笑う奴に、人の心に訴えるような絵は描けんぞ」

金蔵が注意すると、河田少年は一瞬むっとした顔を見せた。

――ふん、なかなか気骨のある奴じゃが……。

金蔵は苦笑して、帰って行く河田ら少年たちを見送ったが、そこにふらりとやって来たのは桑島辰之助だった。

辰之助は手に酒どっくりをぶら下げている。

「気が滅入《めい》っているんやないかとおもうてな、押しかけて来た。それにわしも話がある」

帰国以来忙しくて、ゆっくり酒を飲み交わす機会も無かった二人だ。金蔵は喜んで迎えた。

「一度一緒に飲みたい思うちょったところや」

画塾の台所に辰之助を招き入れると、

「湯飲み茶碗でええやろ？」

金蔵が湯飲み茶碗を置くと、辰之助がそれに並々と酒を注《つ》ぎ、二人はまず一杯を飲み干した。

「うまいな……五臓六腑《ごぞうろっぷ》に染み渡る」

辰之助は言って、にやりと笑った。

金蔵が国を出ていた間に、辰之助は相当酒に強くなっているようだ。

「ところでなんだ……話があるというのは……」

金蔵は怪訝な顔で辰之助を見た。

「まず、お前のことだ。お前さんは駿河台狩野から洞の一字を拝領して帰って来た。そのおまえさんを絵師の連中は、どんな目で見ているか知っているな」

辰之助は険しい目を向けた。

「まあな、うすうすは感じちょる」

「何を暢気《のんき》なことを……ええか、江戸に出向いて狩野の家で直《じか》に教えを受けた恵まれたお前さんを羨《うらや》ましいと思う一方、いつか足を掬《すく》ってやると、その機会を狙《ねら》っている奴は一人や二人ではなかろう。足を掬うところまでは考えていなくても、嫉視《しっし》している奴も、これも一人や二人ではあるまい。そんな時に、しょげてる場合じゃないろう。仁尾のお大尽《だいじん》が、あの世から嘆《なげ》いているぞ」

辰之助は険しい顔で洞意を見た。

金蔵は頷いた。

辰之助は厳しい言葉を続けた。

「いいか、仁尾のお大尽が亡くなった事は、お前にとっては大きな痛手だったに違いない。だがな、お前には池添先生がおるじゃろう。池添先生は画師職人支配となったらしいじゃないか。国元の絵師の頂点に立ったのだ。御目見得御免となり剃髪して五石加増、帯刀の身分になったと聞いた。お前は池添先生の一番弟子だ。未来は明るい、羨ましい限りだ」

辰之助は金蔵の膝《ひざ》をぽんと叩いてから、ぐいっと飲み干し、

「それでだ、わしもちょっぴり運が向いてきたらしいんじゃ。金蔵、わしは妻を迎えるこ

とにした」

厳しかった顔が一転し、照れた顔で辰之助は言った。

「それは目出度《めでた》い。相手は、どこのどなただ？」

金蔵は驚いて訊いた。

「うん、武家育ちではないんや、庄屋の娘で一つ年下、名は、いと……おいとさんや」

辰之助は言いながら、ますます照れている。

そんな辰之助を見て、金蔵も嬉しくなって、

「おいとさんか、誰の世話で……まさかたぶらかしたんじゃあないやろうな？」

興味津々の顔で辰之助の顔を覗いた。

「いや、そのまさかや、たぶらかしたようなもんや」

辰之助は苦笑を浮かべると、おいとのなれそめを告白した。

それによると、辰之助は二十五石の領地の主だ。稲の生育など物なりの様子を見るために領地に向かう道すがら、野原で花を摘《つ》んでいるおいとと出会ったのだ。

女に興味はあっても、話しかける勇気は無い。一瞥しただけでその場を通り過ぎたのだが、まもなく、

「きゃーっ」

おいとが悲鳴を上げたのだ。

はっとして振り返ると、道ばたで立ち尽くしている。

辰之助は走って近づいた。なんとおいとの視線の先で、まむしがとぐろを巻いているではないか。

「静かに……そうっと後ろに下がって！」

辰之助はそう告げると、固まって動けなくなっていたおいとの腕を取り、移動させると、近くにあった木切れを摑んで、まむしの頭を一撃で潰《つぶ》してしまったのだ。

「まあ、それがきっかけで、時々会うようになって、ようやくこのたび双方の親の許可を貰《もら》ったというところだ」

ふっふっと辰之助は笑いながら頭を掻《か》いた。

「祝言は何時《いつ》だ……楽しみだな」

金蔵は笑って湯飲み茶碗の酒を飲み干す。

「それだが、身内だけの細《ささ》やかな宴《うたげ》になる。むこうは親戚《しんせき》の者だけでなく親しい人も呼びたいようだが、こっちは先立つものがないからな。それに、おまえも知っての通り、郷士の婚儀は質素倹約、着る物食い物までやかましい。まっ、お前には祝言が終わったらここに連れてくるから」

「ようし、まずは前祝いやな。飲もう！」

金蔵は湯飲み茶碗を持ち上げて言った。

三

ところが、月が替わった秋の夕暮れ、金蔵の画塾に女が走り込んで来た。

「金蔵さん、洞意さん、おりますろうか、辰之助さんの女房、おいとでございます！」

「おいとだと……辰之助の……」

金蔵は、台所で大口を開けて御飯を詰め込んでいたところだったが、口の中の飯をぐいっと飲み込むと、急いで玄関に向かった。

「今開けますきに」

土間に降りて急いで戸を開けると、おいとが玄関の土間に転げ込むようにして入って来た。

「おいとさん……」

金蔵は、おいとの両腕を摑んで起き上がらせると、

「どういたが……なんぞあったんか」

涙でくちゃくちゃになったおいとの顔を見た。

「辰之助さんが、辰之助さんが……」

おいとの取り乱した様子に、金蔵は驚き、

「しっかりしいや、おいとさん！」

おいとの肩を揺すった。

祝言を挙げた辰之助がおいとを連れてやって来たのは、つい十日ほど前のことだ。

その時、酔っ払った辰之助が、ひょいと立ち上がって、

「立てば芍薬《しゃくやく》座れば牡丹《ぼたん》、わしの嫁には勿体《もったい》ない。あらあらあらよ、あらよ、あらよ！」

扇子《せんす》を振り振り踊り始めたのだった。

おいとが腹を抱えて笑い出すと、

「林洞意殿、おまんも踊ってくれ。親友じゃろ」

冗談交じりに絵師金蔵の名をあげて手を引っ張られた金蔵は、断り切れず立ち上がり、

「おまえさんにゃあ勿体ないちや、あらあらあらよ、あらよ、あらよ！」

辰之助に誘われて踊り始めたのだった。

「うらやましかろう、あらよ、あらよ、あらあらあらよ」

「まことにまことに、辰之助に勿体ないちや、あらよあらよあらあらあらよ」

踊り始めてみると、これまで自分を覆っていた何かがとっぱらわれていくようで、金蔵はだんだん興に乗っていった。

子供の頃から何かを口に出せば父親に疎《うと》んじられてきた金蔵だ。口を閉じて絵を描くことにしか興味がなかったが、こんなにも馬鹿がつくほどはじけるのは初めてのことだった。

「目出度《めでた》い、目出度い、あらよあらよ、あらあらよ……」

腰を振り振り踊る金蔵と辰之助に、

「やめてつかあさい、あはは、あはは……」

おいとは幸せいっぱいの顔で、大笑いをしていたのだ。

あのおいとが、今日は見る影も無い様相だ。

「おいとさん、いったい何があったが？」

金蔵はおいとの顔を覗いた。おいとは嗚咽《おえつ》を上げながら、

「夫が、辰之助さんが殴る蹴るの乱暴を受けました。瀕死《ひんし》の状態です！」

叫ぶように言った。

「誰に！……誰にやられたんじゃ」

仰天して金蔵が声を荒らげると、

「上士の三人組です」

「あいつらか！……」

俄《にわか》に脳裏に浮かんで来たのは、江戸に発つ前、藤並神社であった相撲大会の時に見た奴らだった。

勝ち抜きで辰之助が貰った賞金を、奪おうと追っかけて来た奴らだ。

「辰之助の容体は……」

怒りに燃える目で金蔵が尋ねると、

「手当てをしてもらいましたけんど、動かんように言われました。腰も痛めつけられて、腕は折れてるらしいし……家に運んで来た時には意識もなかったがです」

「なんということや……行こう」

金蔵は羽織《はおり》を摑むと、おいとと一緒に表に出た。

突然冷たい風が襲って来た。だがその風を二人の急ぎ足が切り裂いて進んで行く。

「原因は何なんだ？」

歩きながら待ちきれなくておいとに尋ねた。

「祝言のことや辰之助さんのことです。いろいろと因縁を付けられたんです……」

おいとはそう前置きすると、搔《か》い摘《つ》まんで話した。

まず話は二人の婚儀に遡《さかのぼ》るのだが、辰之助はおいととの婚儀のために差し料を質に入れていたようだ。

質素倹約の婚儀に徹するとはいえ、貧乏暮らしの辰之助には、庄屋の家の娘を迎えるにあたっては苦労があったのだ。

常より辰之助は扇子や団扇《うちわ》に紙を貼る内職をしているが、その対価は日々の暮らしの中で消えていく。

おいとを迎えるにあたっては、せめて夫婦の部屋となる畳替えや、破れた障子《しょうじ》の張り替えぐらいはしたいものだと考えたらしい。

そこで金の無い辰之助は、かかる費用を捻出《ねんしゅつ》するために、腰の刀を質に入れたのだという。

「その話を私が聞いたのは、つい先日のことでした。私、父親が持たせてくれたお金もありますので、それで近いうちに刀を質屋から受け出しに行こうと思っていたところでした。ところが……」

おいとは歩きながらそう伝えると、大きく息をついてから、

「今日のことです。辰之助さんと二人で、出来上がった扇子や団扇をお店におさめての帰りに、上士の侍三人に通せんぼされたんです……」

辰之助は咄嗟《とっさ》においとの手を引いて引き返そうとしたのだが、一人の侍が走って来て、おいとたちの行く手に立ち、両手を広げて遮《さえぎ》ったのだ。

「通してつかあさい」

辰之助は言った。すると、

「聞きたいことがあるんよ。噂《うわさ》じゃあ、そこの嫁さん、婚儀の時に絹《きぬ》の帯を締めちょったち聞いたけんど、間違いかえ？」

回り込んだ上士がにやにや笑って言った。

すると他の一人も、

「天保になってから贅沢《ぜいたく》はいかんてお達しがあった筈《はず》や。上士は上士の、下士は下士の、町人は町人の、百姓どもは百姓どもの制約がある。それを守らんかったらどうなるか」

おいとは最後まで聞かずに、ムキになって答えた。

「ご存じないようですからお伝えします。庄屋は婚儀の時などは絹の着物は許されちょります。宴の食事だってそうです。藩内のお約束を破った覚えはありませんきに」

これには上士三人も、にやりと返しただけだった。これ以上は突き詰めて詮索しても無駄だと分かったようだった。

だが、三人はそれで脅《おど》しを止めることはなかった。今度は一転して、

「話は変わるけんど、その腰の物を見せてみいや。おまんの腰に差しているのは竹光じゃろう」

辰之助に迫って来た。

「刀は抜かん。刀を抜いたら、おまさんたちの思う壺《つぼ》。それを理由にわしを斬《き》るがじゃ。わしと立ち合いたかったら日野根道場に来ればいい」

辰之助はそう告げると、おいとの手をぐいっと掴んだ。

自分たちの前で通せんぼをしている男をすり抜けようとしたのだが、次の瞬間、いきなり辰之助の足にその男は蹴りを入れてきたという。

「何ということを……」

金蔵はおいとの横顔を見た。

「あの三人は、その腰のものが竹光やったら侍の資格はないぞ……などと口々に言いながら、私の目の前で殴る蹴るの暴行を……そこにお奉行所のお役人が丁度通りかかって、それで乱暴を止めてくれましたけんど、殺されるところでした。私、私……」

おいとは、歩きながらまた涙を見せた。

金蔵は怒りを膨らませながら、城の南西にある辰之助の家に向かった。

「金蔵さん、よう来てくれました……」

辰之助の家の土間に入ると、母親の伊勢《いせ》が走り出て来た。そして奥の座敷に視線を投げて、

「困ったことになりました……」

小さな声で告げた。

奥の座敷には辰之助が寝かされているのが見えた。枕元には侍が二人座って、案じ顔で辰之助を見守っていた。

「お見舞いに来て下さった道場のお仲間の、美馬《みま》さまと野田《のだ》さまです。郷士の方です」

伊勢がそう告げると、すぐにおいとが言った。

「お二人は今から辰之助さんの敵《かたき》を討《う》ちに行く言うがです。金蔵さん、止めてつかあさい。あんな人たちに逆ろうたらみんなお仕舞《しま》いです。馬鹿を見るのは下士なんですから」

金蔵は困った。果たして自分が止めても言うことを聞くとは、とても思えない。

「とにかく……」

金蔵はおいとと一緒に部屋に上がって、横たわっている辰之助の枕元にいる二人の側に歩み寄った。

「金蔵という者です」

二人の郷士に挨拶をすると、

「ああ、辰之助から聞いちょるよ。狩野派の林洞意さんじゃね。わしは野田哲之助《てつのすけ》、そしてこっちは美馬太一《たいち》」

野田と名乗る背の低い男が応じてくれた。

「辰之助……」

金蔵は仰向《あおむ》けに寝ている辰之助に声を掛けてみたが、辰之助は眠ったままだ。

「薬が効いて寝てしもうたところです」

母の伊勢が教えてくれた。すると野田哲之助が、

「このまま捨て置けん」

怒りの顔で、刀を摑んですっくと立ち上がった。

すると美馬太一も、刀を摑んで膝を立てた。

「待ってつかあさい」

金蔵は膝を二人に向けた。

「おいとさんから大怪我《けが》した話は聞きましたが、辰之助が腰の物を抜かずに暴行に耐えたのは、何も弱虫だったからじゃない。お二方は道場のお仲間と聞いちょります。辰之助は目録をいただいた剣客いうことはご存じの筈……その辰之助が我慢したのは、上士の者と

大事を起こしたら大変や思うてのこと、違いますろうか」

金蔵は必死の顔で言い、野田哲之助を、そして美馬太一の顔を見た。

「おまん、何言うがぞよ」

野田哲之助は腰を落とすと、険《けわ》しい顔で金蔵を睨《にら》み、

「わしら下士の者の口惜《くや》しい思いなど、おまんには分かるまい！」

叱《しか》りつけるように返してきた。

だが金蔵は、さらに膝を進めて、

「郷士の皆さんの常々の悔しさは辰之助から聞いちょります。いや、そんなことは聞かずとも、土佐の身分制度がどんなものか身に染みて分かっちょります。郷士の皆さんより、町人の方がもっと厳しいんやから」

洞意は睨み返した。

「だったら黙っちょりや。おまんの出る幕じゃあないけに。武士には武士の決着の付け方があるんや」

野田哲之助は言った。すると美馬太一も刀の鐺《こじり》をどんと突き立てて、

「今までだって、何度も何度も郷士は因縁を付けられて殺されちょるんや。上士にしたら斬り捨てご免やからな、向こうは猫や鼠《ねずみ》を殺すようなもんや……このまま馬鹿にされて

たまるもんか！」

　声を震わせる。すると母親の伊勢が手を突いた。

「お二人の気持ち、ありがとうございます。そこまで倅の無念を察してくれて感謝します。上士に対する怒りは、この母の私にもあります。胸は煮えくりかえっちょります。でも、不幸中の幸いというか、辰之助の命は助かりました。この上、あなた方にもしもの事があれば、辰之助がどれほど苦しむことでしょうか。いいや、ご両親ご家族が嘆《なげ》きます。ですから、どうぞ仕返しなど止《や》めて下さい。その気持ちだけで充分です」

　だが、いきりたった若い二人の怒りが治まるわけはない。

「おば上、相手は誰だか分かっちょるんです。ならず者だ、あいつらは。わしら郷士をいたぶるのが仕事のようじゃ。今夜も辰之助をやってやったと今頃は新地《しんち》の酒屋で酒盛りをしちょるに違いない」

　野田哲之助はそう言うと、おいっと美馬に頷いた。

　二人は揃《そろ》って表に走り出て行った。

　金蔵は一瞬迷ったが、咄嗟に、

「おいとさん、鍋とすりこ木貸して、はよう」

　おいとはなんのことかきょとんとしたが、すぐに台所に走ると、鍋とすりこ木を持って来た。

金蔵はそれをひっさげると、二人の後を追うように表に走り出た。

既に野田哲之助たち二人の姿は見えなかった。

金蔵は途中で出会った若い町人に、

「すまんが町奉行所に走ってもらえんろうか。新地で上士と下士の斬り合いが始まるんじゃ。止めてくれと」

近年藩庁から上士と下士の血みどろの衝突は避けるようお達しがあったばかりだ。

「分かった」

若い町人が町奉行所の方に走って行ったのを見送ってから、金蔵も新地に向かって走った。

案の定、上町新地の酒屋『あけぼの』からは怒号が表にまで聞こえていた。

やり合っているのは間違いなく野田哲之助たちと、あの上士の三人だと分かった。

金蔵が中に入ろうとしたその時、どたどたと無数の緊迫した足音が店の中から聞こえ、次の瞬間、野田哲之助と美馬太一が店の中から押し出されるように外に出て来た。

店の中では女たちの悲鳴が上がり、今度は上士の侍三人が抜いた刀を振り回しながら姿を見せた。

金蔵の記憶にあった、あの三人だった。

野田哲之助が、刀を抜いて叫んだ。

「上士とは笑わせる、おまえたちの名はならず者として城下では有名じゃろ。顎《あご》の長いのが坂之上《さかのうえ》、赤鼻が松川《まつかわ》、そして大酒飲みで嫁の来てがない哀《あわ》れな木島《きじま》、三人揃って二度と悪さができんようにしちゃるぜよ」

店の中からは、お客や接客の女たちが覗いて震えている。

「ふん、虫けらめ。郷士郷士と目ざわりじゃ。おまえたちを殺してもわしらにはお咎《とが》めはないんやで……やっちまえ！」

赤鼻の松川が叫ぶと、相対する者たち五人は一斉に刀を構えた。

——いかん……。

金蔵は慌てて、持参して来た鍋をすりこ木で叩き始めた。

ガン、ガン、ガン、ガンとすさまじい音だ。

「うるさい！」

上士の木島が金蔵に斬りかかったその時、金蔵は飛びのいて事なきを得たが、

「うっ」

既に野田哲之助が肩口を斬られて蹲《うずくま》っていた。

その頭上に赤鼻の松川の刃が振り下ろされようとしている。あっと金蔵が息を呑んだその時、

「待て待て、奉行所の者だ！」

町奉行所の役人二人が、小者数人を引き連れて走って来た。

「刀をおさめよ。上士と下士の斬り合いは御法度《ごはっと》だ。十代様が藤並神社を建てられたのは何の為か……このような斬り合いをさせてはならぬ、そう思われてのものだった筈……」

役人の声は、夜の静寂に高々と響いた。こうなって来ると、上士三人も斬り合いを続ける訳にはいかない。

「ふん……」

鼻で笑うと引き揚げて行った。

「何があった……喧嘩《けんか》は御法度だぞ」

役人は野田と美馬に向かって言った。

四

家老の桐間蔵人は、毎朝神棚に手を合わせるが、その神棚には長方形の割れた懐中鏡が

並べて置いてある。縦が一寸半（約四・五センチ）、横が二寸（約六センチ）余のものである。

この懐中鏡は、桐間家を救ってくれた貴重な品、いわば桐間家のお守りである。

山内家二代藩主忠義《ただよし》の時代の話だが、幼年の頃から忠義の側近として仕えていた桐間兵庫利卓《ひょうごとしつな》は、この頃には家老の一員として名を連ねていた。

忠義の世子《せいし》忠豊《ただとよ》の婚儀が芝《しば》の屋敷で行われた時のことだ。

婚儀に当たって芝の屋敷は建てられた訳だが、その作事について桐間のやり方に不満を持った江戸内用役宇野専右衛門《うのせんえもん》から配膳の間で斬りつけられた事がある。

宇野専右衛門の短刀は桐間の胸に刺さったが、常に携帯していた懐中鏡が短刀を受け止め、鏡は割れたが桐間兵庫の命は助かったのだ。

当然この事件のあと、忠義は宇野専右衛門本人はむろんのこと、土佐で暮らしていた倅まで惨殺し、桐間家は更に加増の恩恵を受けたのだ。

神棚にある割れた鏡は、桐間家を導く守りの品。毎朝手を合わせ、代々桐間家の武運《ぶうん》長久《ちょうきゅう》、立身出世を祈って来たのだ。

その祈りが顕著なものとなって現れたことがある、忠義公逝去ののちのこと。桐間は当時権勢を誇っていた野中兼山追い落としの先頭に立った。

一時はあわやその身も危ないという事態にまでなるのだが、新しい藩主となった忠豊に讒言《ざんげん》したことが功を奏し、野中を失脚させて死に至らしめることが出来たのだ。

このの ち桐間家は、さらに加増され、一段と高い家老の地位につくことが出来たのである。

ただ、油断は禁物だ。家老の中には些細《ささい》な失態で家老職を解かれたばかりか、お家断絶の憂《う》き目に遭《あ》った者も一人や二人ではない。

政務はむろんのことだが、日常においても万端心して暮らすことが、桐間家を潰さずに子々孫々までお家を繋ぐことになる。

だから桐間蔵人は、毎朝必ず神棚に手を合わす。

また、家士の者たちや預かり支配の者たちにも、日々の言動には注意を払うよう口を酸《す》っぱくして言っている。

そんな桐間家老が、数日前新地で騒動を起こした一行に、金蔵がいたと知り、それ以来胸に暗雲が広がっているのである。

——厳しく言っておく必要があるな……。

桐間家老は、絵師職人支配の縫殿介《ぬいのすけ》となっている池添楊斎を呼び、洞意を厳しく指導するよう注意を与えたのだが、

「やはり直接言っておいたほうがよかろう」

用人にそう伝えて、今日は金蔵に屋敷に来るよう使いをやっているのである。

「旦那様、林洞意が参りました」

まもなく用人が知らせて来た。

「うむ……」

まだ尻の青い町人上がりの絵師に、いちいち会って注意を与えるのもいまいましいが、会って釘《くぎ》を刺しておかねば桐間家の今後にかかわる。

――それに……。

殿の妹君、徳姫が金蔵をいたく応援している風なのも気になっていた。

桐間家老が絹の着物の裾を捌《さば》いて金蔵が控える座敷に入ると、金蔵は神妙な顔で頭を下げた。

「今日はおまえに言っておかねばならぬことがあって来てもらった」

険しい目で金蔵を見た。

「なんですろうか……」

金蔵は怪訝《けげん》な顔を上げた。

――なんとこの男は、何も分かっていないらしいな……。

桐間家老は、むっとして、

「三日前のことだ。新地で上士と郷士たちの斬り合いがあったそうじゃが、おまえもその場にいたようだな」

睨めつける。

「はい、親友の辰之助という郷士が、訳も無く上士三人に暴行を受けました。そのことで斬り合いになったがです。誰か一人でも命を落とすようなことがあってはいかん、そう思いまして、鍋をすりこ木で叩いて……」

ちょっぴり得意そうに話し始めた金蔵に、

「黙れ、つまらぬ喧嘩のために、奉行所の手を煩《わずら》わせたと聞いているぞ」

「つまらぬですか……」

金蔵の顔が曇った。何か逡巡《しゅんじゅん》している風に見えたが、まもなく金蔵は、

「つまらぬとは思いません」

きっぱりと言ったのだ。

「何……」

この家老に何という口の利《き》き方かと、桐間家老は目を剝《む》いたが、

「上士と下士が斬り合いをするなんてことは、哀しい話ではありませんか。奉行所の方が

来てくれなかったら死人が出ちょりました。奉行所に知らせて良かったと思うちょります。特にあの三人については奉行所も、他にも悪さをしていることを知っていたようでして、今度やったら重いお叱りを受けるだろうと言っておりました」

洞意は報告したが、

「おまえは絵師だぞ、二度と、ああいう騒動に関わるでない！」

桐間家老は一喝した。

すると黙って平服すると思っていた金蔵が、

「御家老様、今度のことは郷士の方々に非はございませんきに、非があるのは上士の皆さんですきに。因縁をつけられて、殴る蹴るの暴行を受けたのは、わしの親友でした。いっときは命もあぶないかと心配しちょりましたが、今朝心配いらんようになったと知らせを受けました。友人のためにも、わしは黙ってはおられんきに」

滔々《とうとう》と言い訳したのだ。

「黙れと言うに……郷士が上士に逆らうとはもってのほか、身《み》の程《ほど》知らずじゃ」

憤然と桐間家老は言い放った。だが、金蔵は更《さら》に、

「いいえ、郷士のみんなは身の程を知っちょります」

また、桐間家老の意に反するような言葉を返した。

「おまえは！……誰に物を言っている」

ついに桐間家老は、額に青筋を立てた。

「御家老様に真実を知っていただきとうて申し上げたんです。それだけです」

「よいか、良く聞け。おまえはこの桐間家の預かり支配の者だ。おまえが何か不都合なことを起こせば、わしの立場が無い。おまえは余計なことに神経を使うのは止めろ。絵を描くことに専念しろ。世の中のことについては、見ざる聞かざる言わざるだ」

桐間家老は声を荒らげた。

「御家老さま、まさかそれは、日光《にっこう》の東照宮《とうしょうぐう》にある彫り物の猿のことでしょうか」

「そうだ」

「しかしあれは、一度見に行きましたが猿です。人間ではありませんきに。人間はなかなか難しいですよ、あの真似は……生まれがどうであれ、人には譲れないものがありますきに」

「つべこべと言うでない。これは命令だ！」

桐間家老は怒鳴《どな》ってしまった。

金蔵は黙って俯いた。

「まったく……」

桐間家老はそんな金蔵を睨めつけた。

亡くなった仁尾順蔵と初めて屋敷にやって来た時には、金蔵は無口で従順に見えた。こんなに必死に食ってかかった物言いをするとは考えてもみなかった。

最後の一喝でようやく黙った金蔵を見て、桐間家老はひとつ大きく息をついて気を取り直すと話を変えた。

「今度のことはまあいい。おまえにひとつ頼みたいことがある」

金蔵は顔を俯けたままだ。

「実は徳姫さまから文を頂いたのだ。おまえが桐間家の預かり支配になっていると知ってのことじゃが、おまえは徳姫さまが江戸に御出立の折、道中にて土佐の山々の絵を描いて差し上げたそうじゃな」

探るような目で尋ねた。

「はい……」

顔を上げた金蔵の頬が、うっすらと血の色を浮かべている。

「姫様はいたくおまえの絵をお気に召されていてのう、近々生まれてくるお子のために絵を描いてもらいたいものだと申されて、わしに打診の文を下された」

「まことでございますか」

金蔵は膝を乗り出した。

「まことだ、無事に和子《わこ》をご出産なされば、いずれ家督《かとく》を継ぐ大切なお方だ。わが殿もお妹君さまのご出産を心待ちにしておられる。どうじゃ……」

「ありがたく承《うけたまわ》ります」

神妙な顔で金蔵は頭を下げると、

「それではさっそく……」

下がれとも命じてないのに、もうここに心あらずの体《てい》で部屋を出て行ってしまった。

——なんだあの態度は……。

礼儀知らずにもほどがある。むっとしたところに、用人が入って来た。

「旦那様、いかがでございましたか」

「うむ、表の狩野派からお墨付きを貰った絵師とはいえ出自は髪結い。噂では亡き仁尾順蔵の隠し子とのことであったが、育ちが育ちだ。まあ、無礼な態度も多々あったが、この度だけは目をつぶる。徳姫様が洞意の絵をお気に召して下されば、この桐間家の面目も立つというものじゃ」

桐間家老は、ふっと笑うと立ち上がって庭に出た。

金蔵が上士と下士の争いごとの中にいたということを知り、このところイライラが募《つの》り、数日庭に出るどころではなかったが、久しぶりに外の景色を眺めてみたくなったのだ。

この座敷の前庭には、桐間が好みの吉野桜《よしのざくら》やいろは紅葉《もみじ》の木が池の周りに植わっている。

色づくのはまだ少し早いが、桜の葉は既に色づき見頃の筈だ。

だが、庭に出た途端、冷たい風が地を這《は》うようにして吹き上げて来て、桐間家老の顔面を襲った。

思わず目を閉じ、そろりと目を開けると、桜の木の葉は一晩のうちに風に飛ばされていて、庭のあちらこちらに枯れ葉となった無残な姿で重なり合い、風に脅されているように震えている。

更に風は、桐間家老の着物の裾から冷気を一気に押し込んでくる。

——あんな男を引き受けたばっかりに……。

桐間家老は、すぐに部屋に引き返した。

五

徳姫に献上する屏風《びょうぶ》は、全身全霊をこめて描く一世一代の仕事だと金蔵こと洞意は思った。

紙は土佐伊野村の紙漉《かみす》き吉井《よしい》家に特注し、弟子もしばらく断って、沐浴《もくよく》して身体を清め、心を静めて姫に献上する絵に取りかかった。

描くは四曲一隻《せき》の屏風絵。長い期間瞑想《めいそう》して心を静め、それから筆を取った。

まず第一扇《せん》には、地上から逞しく折れ曲がって立ち上がった桐の老木を描き、しかしその枝はまだ生き生きとして、第三扇までのばして行く。

枝にはむろん青い葉が茂り、蕾《つぼみ》も見える。

桐の木の根元には、苔《こけ》むす岩の上に子鶴二羽が羽を広げ、首を四扇の空に向けて口を開けて親鶴を呼んでいる。

そして四扇の空には、餌を銜《くわ》えて飛んで帰って来た親鶴が羽を広げ、こちらに向かって来ているのだ。

この親鳥の姿が、一扇から三扇まで伸びた枝の延長線上に有るその構図は、かつて江戸でたき込まれた狩野探幽の空間の美そのものだ。

親鶴を慕《した》う二羽の子鶴と、子鶴を目指して飛んで帰ってくる親鶴の構図は、金蔵が幼い頃から胸に描いていた睦《むつ》まじい家族の風景だった。

金蔵は息もつかぬ勢いで一気に描いた。

むろん背景は金の箔《はく》を押し、それに彩色した仕上がりは、静かな気品が漂《ただよ》っていて、描き終えた洞意は全体を眺めて、まずはほっとした。

誰にも告白したことはなかったが、徳姫はずっと金蔵の憧《あこが》れの姫御前だったのだ。

江戸で暮らした三年の間、外に出れば美しい女たちに出会ったが、徳姫を天女と思っていた金蔵は、他の女の美しさなど眼中になかった。

その徳姫がご懐妊、しかも自分に絵を描くようお言葉があったと聞いた時の喜びは筆舌に尽くしがたく、金蔵は屏風絵が仕上がるまで、食事も忘れるほど夢中だった。

「うむ、きっと徳姫様も満足なさるだろう」

桐間家老に納める前に、仕上がった絵を眺めた池添楊斎は思わず唸った。

池添は今や土佐藩絵師の頂点に立つ人物だ。殿様にも御目見得出来る、帯刀も許されていて士分の扱い。

だがこの時の池添の表情には、もはや自分は敵《かな》わぬなという驚きと喜びが混じった複雑なものが見えた。

「いや、今日は話もあってな」

金蔵が出したお茶を一口喉《のど》に流した池添は、茶碗を下に置き、難しい顔で、

「洞意」

と言って改まった顔で金蔵を見た。

「おまえさんも知っている通り、土佐は先年より幕府への上納が増えて、お台所は厳しいようだ。そこで『五カ年省略令』を発布して、今や下級の侍は多数罷免《ひめん》となってしまった」

「聞いちょります」

金蔵は言った。

「うむ。そこでじゃ。わが画局にも厳しいお達しがあってのう」

「先生、皆まで言わずともわかっちょります。これまでのように画局の者たちをお抱《かかえ》絵師にしておくことは難しい……そういうことと違いますか？」

覚悟していた言葉を金蔵は返した。

絵師の待遇については、江戸の幕府の場合も、手厚い扱いを受けているのは奥絵師だけで、表絵師は御目見得も帯刀も許されてはいない。

登城も呼ばれた時のみ参上すればよく、暮らしの糧《かて》は諸藩の絵師として務めることによって得られている。

更に、諸藩の御用も得られない絵師は、町狩野《まちかのう》として門戸を張り、様々な狩野風の絵を販売し、また画塾を開いて弟子を取り、それで身過ぎ世過ぎとするのである。

無論、藩によっては、絵師に対する待遇はさまざまで、大藩のお抱絵師になった者は、幕府の奥絵師より良い待遇を受けている場合もある。

ただ多くの藩では、幕府のお抱絵師のようにはいかない。それぞれの藩の施策の中で暮らしているのだ。

「そなただけは、これまで通りにと願い出たが『山内国宰画師』として名を連ねるのは良いが、手当てについては他の絵師と同じように『御用絵師』扱いとなるとのこと……」

池添は苦渋《くじゅう》の顔で言った。

土佐藩の御用絵師とは、藩の画局が必要な時のみ召される身分で、日々の糧は町絵師として暮らしを立てよということだ。

池添は人員整理を命じられて苦しんでいるのだった。

「先生、気にせんちょって下さい。かえってのびのびと絵師として力をふるうことができますきに」

金蔵は笑った。強がりを言っているのではなかった。

自分は画塾も開いているし、これからは藩の画局に遠慮せずに、神社や寺院、豪農豪商たちを相手に絵を売ることができる。暮らしの実入りも多くなるのは間違いない。

この土佐には江戸にあるような板元《はんもと》が一軒も無い。だから描いた絵の一枚一枚は一点物だ。

手にした絵がこの世にひとつしかないとなれば、値も張るというものだ。

「いっときの辛抱じゃ。私の後継はおまえさんしかいないということを肝《きも》に銘《めい》じておいてくれ」

池添は真顔で言った。

その言葉は、間違いのないものだと金蔵も思っている。

池添には男子がいるが、まだ少年だ。絵師としての修業はこれからだし、狩野派の絵師として立てるかどうかも分からない。

池添は立ち上がったが、ふっと気付いて、

「洞意、私が住む町に、そなたに似合う娘がいる。藩御用達の表具師《ひょうぐし》の娘で初菊というべっぴんさんや。ちょっぴり気の強いところもあるけんど、絵師の女房にはそれぐらいが丁度《ちょうど》ええきに。私が保証する」

どうだ……とにこりと笑った。

「わしが嫁をとるがですか……」

金蔵は、きょとんとして池添を見返した。

「何を驚いちょる……もうその年頃じゃろう。一家を成して励め。今はおふくろさんが掃除や洗濯に来ているようじゃがもう歳じゃ。嫁を貰うたら楽になる」

池添はそう言い置いて帰って行った。

金蔵は仕上げた絵の前に座った。

徳姫に献上する絵を全身全霊をもって描いたことで、姫への思いがふっきれたように感じている。

——初菊か……。

俄《にわか》に金蔵は会ったこともない女の姿を想い浮かべた。

六

「房太郎、房太郎、そっちへ行ったらいかんぞね」

三歳になって活発に部屋の中を歩く幼い長男を追っかけているのは、金蔵の女房初菊である。

四年前の天保七年（一八三六）、池添の仲人《なこうど》で二人は夫婦になった。住まいも結婚を機に蓮池町に変わっている。

婚礼の祝いは御改革の名の下《もと》で、両家の親族と仲人の池添夫婦だけの質素なものだったが、翌年には長男房太郎が生まれて、今はもう三歳だ。

金蔵が表の座敷で弟子達に絵の指導をしていると、房太郎は母の初菊の目を盗んで表に出て来るのだった。

「房太郎、向こうに行っちょりや」

金蔵に叱られて母と奥に引っ込んだところに、ひょっこりと藤吉が現れた。

「金蔵さん、今日はお別れに参りました」

藤吉は改まって言った。

「やっぱり田舎に帰るがかよ」

上がり框《かまち》に腰を据えた藤吉に、金蔵は部屋に上がるよう勧《すす》めた。

「いえ、今日はここで……」

藤吉は弟子達の方をちらと見て言った。

近年まで仁尾の店の番頭格だった人だ。その昔には仁尾順蔵の意を受けて、何かと金蔵の世話をしてくれた人だ。

これまでさんざん世話になった藤吉に、金蔵は言葉には表わせぬ恩義を感じていた。ただ人の噂では、仁尾の妻は店を人に譲るという話だ。老後はゆったりと暮らしたいと言っているようだと聞いて金蔵も憂《うれ》えていたところだ。

「金蔵さんもご存じのように、旦那さまの跡を継いだ若旦那が亡くなられて、おかみさまも生きる気力を失ったようでございまして、これから先は、旦那様と若旦那のお位牌《いはい》を守って静かに暮らしたい、そうおっしゃいまして……」

藤吉の顔には疲れが見えた。おそらく店の整理で忙しかったに違いない。

「世話になっているのに、なんの手助けもできず……」

金蔵が頭を下げると、

「止めてください。金蔵さん、金蔵さんは狩野の絵師としての名を授かりました。亡くなられた旦那さまがどれほど喜んでいたか、私は側に居てよく分かっています。立派な絵師になった、それが旦那さまにとっては、なによりのものでございました」

藤吉は言った。

仁尾が残した財産は果てしもない。未亡人は金に困ることはないだろうが、店を人に譲ると聞けば金蔵だって寂しい。

「で、藤吉さんは？」

初菊がお茶を出して引っ込むと、金蔵は尋ねた。

「はい、田舎に帰ります。里は仁淀川支流にある池川《いけがわ》いうところで宿場町ですきに、何か小商《こあきな》いでもして暮らそうかと考えています」

藤吉はひとしきり、周囲を山に囲まれた谷間に出来た故郷の話をしていたが、ふっと思い出したように話を変えた。

「しかしなんですな。つい先日の飛脚便で分かったんですが、大坂では大塩平八郎《おおしおへいはちろう》とかいう役人が町人を煽動して米屋を狙《ねら》った打ち壊しをやったようですきに」

「役人が打ち壊しを？」

金蔵は初めて聞く話だった。

「このところの作物の不作で、どこもかしこも米が足りない。江戸の更にむこうの東北の土地などは、もともと季候も良くないし畑も痩せていて米の収穫は少なかった。そこに干ばつ、冷害が続き、米の出来高《できだか》は酷《ひど》いもんじゃ言うてるし。飢《う》え死に寸前の町民たちが立ち上がったいうことらしい」

俄に胸が苦しくなる話だった。

「この土佐とて山間部の暮らしは大変じゃと伊野村の紙漉きの者から聞いちょります。世の中だんだん荒れてくるような気がして……」

金蔵も知り得た話を口にすると、

「まっこと妙な雰囲気になってきちょるぜよ。金蔵さん、この土佐だって先々どうなるか分からんきに……くれぐれも気を配って暮らして下さい」

藤吉はそう言って立ち上がった。

金蔵は笑った。自分は絵師だ。米を作っている百姓ではない。米を売っている米屋でもない。

「打ち壊しとは無縁の世界じゃきに」

金蔵が苦笑すると、

「何をのんきなことを……私はこの話を金蔵さんには言わないでおこうと思っていたんですが、画局支配の池添先生が金蔵さんばかりを可愛《かわい》がる、そう言って金蔵さんに不満や反発を抱いている絵師は、一人や二人ではないきに」

藤吉は真剣な顔で金蔵を見た。

「まさか……」

金蔵は笑った。いつぞやも友人の辰之助がそんなことを言ってくれたが、藤吉も辰之助と同じく厳しい顔で、

「ほんまの話です。金蔵さんも知っちょる思うけど、料理屋の『桔梗屋《ききょうや》』で絵師たちが話していたと……あそこの仲居がそっと教えてくれたんですから。何時《いつ》足を引っ張って来るか、金蔵さん、油断をしたらいかんぞね。旦那様が生きておられたら、どんな不安な種も摘み取ってくれるけんど、旦那様はもうおらんぜ」

「分かった分かった。おおきに、最後まで心配してくれて……」

金蔵は笑って送り出したが、見送ったあとに、

――そういえば……。

画局に集まった折に、金蔵が愛用していた筆が真っ二つに折られて捨てられていたことを思い出した。

ただ金蔵は、初菊という妻も娶《めと》り、長男房太郎も生まれていて、仕事も池添の下で幾多もの藩御用の絵を描いてきている。他の誰にも負けぬという自負もあった。

藤吉の心配はありがたいが、この時の金蔵には未来に不安を感じることはなかった。

七

ところが、翌年の天保十二年（一八四一）、金蔵三十歳の七月二十八日、突然池添楊斎

が亡くなったのだ。池添は五十一歳の生涯を閉じた。

青天の霹靂《へきれき》とはこのことだった。

人も羨《うらや》む土佐の絵師になったとはいえ、仁尾順蔵が亡くなったのちは、金蔵にとって池添楊斎は依り所だったのだ。

金蔵の喪失感は尋常ではなかった。

さらにこの年、天保の改革が始まると、十二代藩主の豊資の跡を継いだ十三代山内豊熙《とよてる》は、勘定方小吏の馬淵嘉平《まぶちかへい》率いる『おこぜ組』を起用して、藩政の改革を行おうとしたのである。

おこぜ組とは、おこぜという貝の名からとったもので、おこぜを懐中していると漁猟《ぎょりょう》に恵まれるという言い伝えがあり、その恩恵にあやかりたいと、組の名に決めたようだ。

金蔵が驚いたのは、これに桑島辰之助も名を連ねた事だった。

「これを逃《のが》しては、下級武士の郷士のわしが立身する機会は無い。誰かに言うと馬鹿にされると思うて言わんかったけんど、自分の胸の中ではじっとこの時を待っちょったんや。おまえに出遅れてしもうて悔《く》やんでいたけんど、これでようやく、わしもおまえと肩を並べることができる」

野中兼山以来の郷士の登用だと、辰之助は嬉々《きき》として金蔵に報告してくれたのだった。

組員は瞬《また》く間に五十人ほどに膨れあがったようだが、そうなると、上級武士や守旧派たちは、おこぜ組をつとに警戒するようになった。

もともと土佐は身分の差が厳しい国だったのに、新しい藩主の思わぬ意気込みが、長年の規律を壊そうとしている。

「おこぜをぶっつぶせ！」

上級武士や守旧派の武士たちは、しつこくおこぜ組に目を光らせて、そしてとうとう、

「おこぜは夜な夜な集まって密かに談合している」

殿の豊熙にそう訴えたのだ。

土佐藩では密《ひそ》かに集まって談合することは禁止されていた。

「謀反《むほん》の疑い有り」

そのように訴えられたのだ。

おこぜ組にしてみれば、それこそ濡《ぬ》れ衣《ぎぬ》、意気軒昂《いきけんこう》にして藩の安寧《あんねい》を思い、全力で取り組むことを誓い合うための結束だと抗弁したが、藩主の豊熙は上級武士達の訴えを退けることが出来なかった。

時を置かずして、おこぜ組は解散を命じられ、頭格の馬淵他十数名が江《え》の口《くち》の山田町の牢に繋がれたのだ。

投獄されたその中に辰之助がいると知った金蔵は、すぐに辰之助に会いに行った。

辰之助はその時、生気の無い顔で、

「金蔵、お前と誓った青雲の志もこれまでのようじゃ。おまえだけは、きっと立身して、俺の無念を晴らしてくれ」

弱音を吐いていたが、その弱音の通り数日後に辰之助は牢舎で亡くなってしまったのだ。

「辰之助……」

第五章

一

金蔵は震える声で辰之助を呼んだその時、はっと目が覚めた。

長い夢から現実に戻ったのだった。

金蔵は辺りを見渡した。牢内の薄暗い闇の中で眠っていたようだ。

徳利の酒を大量に飲んだことで、金蔵は十五年もの長い思い出の旅をしていたようだ。

何刻眠っていたのだろうか。既に夜は更けて、牢の外には行灯《あんどん》の弱々しい火が見えるだけで深深《しんしん》としている。

奥の牢の老人も寝てしまったのか、気配さえも感じられない。

金蔵は抱えていたとっくりを、逆さに振ってみた。一滴のしずくも落ちてこない。

金蔵は空《から》になったとっくりを牢格子の入り口に置くと、元の場所に戻って布団を体に巻き付けて座った。

今になって牢屋の中で命を落とした辰之助の無念が、自分のこととして良く分かる。

——それにしても……。

桐間家老の手際の良さには嫌悪さえ感じる。

天保の改革の余波はまだ続いていて、藩政一新というお題目のもと、桐間家老も藩主に従って奔走していたのだが、何か責任を問われたのか、つい最近奉行職を退《しりぞ》いたと聞いている。

土佐のこの家老の奉行職というのは、一般に言われている町奉行とか寺社奉行の類《たぐい》のことではない。

佐川の深尾家老は別格だが、その他の家老十家のうち、最も権限を持ち、実際に藩政を仕切る家老のことだ。

奉行職から降ろされた桐間家老は、これ以上の失態は許されない。そう考えていたところに金蔵が探幽の絵の贋作事件を起こしたと聞き、早々に金蔵を桐間家から切り離そうと考えたようだ。

金蔵が牢に繋がれたと知った途端、妻の初菊に使いを寄越して、今日を限り桐間家の預かり支配ではない。そのように心得よと、今後いっさい縁を切ると言ってきたのだ。

桐間家老の身になれば、仁尾順蔵亡きあと金蔵を手元に置く義理は無い。

家老達は家老達で藩政の中で鎬《しのぎ》を削《けず》っていることを考えれば、金蔵を切るのも頷けるが、

「ふん、こっちが願い下げじゃ」

かえって煩《わずら》わしい重しがなくなったと金蔵は苦笑した。

ただ、桐間家老が早々に金蔵を切ったその素早い処し方を見れば、贋作の一件は金蔵を罪人とすることで、早々に決着をつけようとしているのかもしれない。

金蔵は奈落《ならく》の底に落ちていくのを感ぜずには居られなかった。

奥の牢の老人の言葉ではないが、たらふく酒を飲んだことで、いっとき死への恐怖が吹っ切れたようにも思ったが、

――こうなったら……。

最後までわしは無罪だと堂々胸を張り、土佐のいごっそうらしく果ててやろうじゃないか。

金蔵は夜が明けるのを待って墨《すみ》を磨《す》り始めた。

せめて三歳になった娘の糸萩に、父の心を残してやりたい。

朝の陽光が牢内に差し始めると、金蔵は紙を広げ、筆に墨を含ませると一気に糸萩の姿を描いていく。

縁側で立ち上がった三歳の糸萩が、両手を広げて庭から今飛び立ったと思われる蝶々《ちょうちょう》を追いかけようとしている姿だ。

糸萩の頭は芥子坊主《けしぼうず》。袖幅のある綿入れの着物に帯を矢の字に結んだ後ろ姿。

この光景は、数日前に金蔵が偶然眺めていた光景だったのだ。

蝶々が飛び立ったその空間を大きくとった描き方は、探幽以来受け継がれてきた狩野派の絵そのものだった。

金蔵は筆を片手に描き終えた絵を見詰めた。

これに色を付けることが出来たならと、しみじみ眺めていると、

「うまいもんじゃのう……」

格子の外で声がした。

はっとして顔を向けると、牢格子から牢番二人がにこにこして覗いていた。

「後ろ姿というのが可愛いのう。金蔵さんの娘さんかえ？」

感心した顔で一人の牢番が尋ねて来た。するとすぐに、

「わしの娘も描いてもらいたいもんじゃ」

もう一人の牢番が言った。牢番二人は目を輝かせている。

金蔵の描いた娘の白描《はくびょう》が、牢番の心を捉えたのは間違いなかった。金蔵は嬉しかった。

「生きていたらな、描いてやるぞ」

金蔵は言った。

二

「探幽の蘆雁図贋作《ろがんずがんさく》について、本日裁断を申し渡す」

その日、金蔵が白洲《しらす》の筵《むしろ》の上に座ると、与力が声を張り上げた。

金蔵は黙って与力を見詰めた。腹はくくっている。きっと見詰める金蔵の目を与力は捕らえて言い渡した。

「絵師金蔵は無罪！」

「無罪……」

驚いて与力を見つめ直す金蔵に、控えている同心の橋田圭之助が柔らかい顔で頷いてみせた。

与力は言葉を続けた。

「そこに控える同心の橋田圭之助の調べで、そなたは確かに蘆雁図の模写をしたまでのこと。それに中村屋が正之助《まさのすけ》なる昔印判師《いんばん》だった者に、偽《いつわり》の落款《らっかん》印象を作らせて押印したことが分かったのだ」

「むむ……」

許せんと、金蔵が拳《こぶし》を握りしめると、

「中村屋もお客に売るつもりはなかったようじゃ。遊び心でやったものだと白状した。我が手元に置いて眺めて楽しむつもりだったようなのじゃが、丁度そこにやって来た、さる御家老の用人に譲ってほしいと所望され、断れなくなって手渡したようじゃ。ところがその家老が蘆雁図の鑑定を壬生水石に頼んだという訳じゃ。こたびの贋作事件の経緯はそういうことだったのだ。中村屋は重過料《じゅうかりょう》の上追放と相成った。金蔵、そなたも無罪とはいえ、安易に中村屋なる男に模写を渡してやるなど不注意。本来なら叱りのひとつもあるべきところ、無罪の身で牢内に押し込められている。今この時をもって、放免とする」

与力はそう告げると、

「許せよ」

一言加えて平然と奥に消えた。

――冗談じゃない……。

金蔵は、怒りが脳天から吹き上がる思いだったが、

「金蔵殿……」

近づいて来た橋田圭之助に、金蔵は頭を下げた。

この同心がいなかったら、今日のこの裁断の結果は別のものになっていたに違いないの

だ。

「橋田の旦那のお陰です」

「いやいや、そなたにとっては不運な出来事だったが、これで大手を振って家に帰れる」

「ありがとうございます」

「何、同心としての職務を果たしたまでのこと。それより金蔵、そなたを召し捕りに画塾に行った小者たちが持ち出したそなたの絵のことだが、あの者たちはそなたが死罪になるだろうと考えて一部焼却してしまった。わしが行き合わせて止めに入ったので助かった物もある。それは後ほど画塾に戻すゆえ、腹も立とうが堪忍《かんにん》してくれ」

金蔵は頷いた。

とっくに焼却されていただろうと考えていた物だ。

それに、今の今まで命は助からぬと覚悟をしていた金蔵だ。橋田圭之助は命の恩人だ。頷くほかなかった。

金蔵は糸萩の絵と筆などを取りに牢に戻ると、あの二人の牢番が「良かった良かった」などと喜んでくれたのだった。

金蔵は牢番に断って奥の牢屋に足を向けた。

奥の牢では、中程で白髪《しらが》頭の爺《じい》さんが薄汚い布団《ふとん》を体に巻き付けて座り、素麺《そうめん》箱を文《ふ》机《づくえ》にして書物を読んでいた。

金蔵は牢の外から語りかけた。

「わしは金蔵という者です。世話になりました。いただいた酒は今生《こんじょう》の別れかと飲み干しましたが、ここを出ることになりました」

金蔵が挨拶《あいさつ》すると、

「絵師金蔵、林洞意とはお前さんだったのか。おまえさんと話をするのもこれが最後、二度とこんなところに来ぬよう祈っているぞ」

老人はそう言うと、また素麵箱の書物に視線を落とした。

「わしも爺様がここから出られるよう祈ります」

金蔵はそう告げてから奥の牢から離れた。

牢の外に向かって歩きながら、

「あの老人は、どこのどなただ?……本当に死罪になるのか?」

牢番二人に尋ねてみた。

「さあ、本人はそう言っておりますが、どんな裁定が下されるのかあっしたちには分かりません。奉行所も牢に入れたものの困っているのではないかと思われます」

牢番は言って苦笑いを浮かべた。

「何故《なぜ》だね？」

本人は命を盗《と》られると言っているがと、金蔵が怪訝な顔を向けると、

「あの爺さんの名は佐藤宗兵衛《さとうそうべえ》さんという方ですがね。宗兵衛さんを殺せば、再び大きな百姓一揆《いっき》や多数の逃散があるのではないかと御奉行は心配しているようです。宗兵衛さんは庄屋です。学問に秀《ひい》でた方のようで、村民に読み書き算盤《そろばん》、四書五経などというものも教えていたと聞いておりますから、誰からも慕われ、尊敬される人物のようです。奉行所も拳を上げたものの下手なことは出来ないと考えているようです」

「なるほど、そういうことか」

金蔵は唸った。だから牢番に酒を買わせることも出来るのかと、痩せこけた老人の目に見えぬ力に驚いた。

「おまえさん……」

牢屋のある南会所の外に出ると、初菊が走り寄って来た。

「心配を掛けたが、今日でお払い箱となった」

金蔵が冗談っぽく伝えると、

「そうでしょうとも」

初菊は袖で涙を拭って笑った。

三

「初菊、これは……」

目の前に並べられた白描《はくびょう》を見て、金蔵は声を上げた。

『鴉《からす》』『とんぼ』『牝馬《ひんば》春秋《しゅんじゅう》』『猩々《しょうじょう》』『太公望』『一《いち》ノ谷《たに》熊谷《くまがい》次郎《じろう》直実《なおざね》』『一ノ谷無官《むかんの》太《たい》夫《ふ》敦盛《あつもり》』など金蔵が召し捕られた時に持ち出された物だ。

「無事だったのか……」

ほっとして力が抜けていくようだった。

「はい、これはおまえさんが連れ出されたあとに、小役人が持って行こうとしたのを、私が奪い返したものです」

初菊は胸を張って笑った。

「何、おまえが……そうか、御奉行所から返却してもらった物ではないのだな」

同心の橋田圭之助が言っていた金蔵の絵というのは別の作品らしい。

「はい、持ち出された多くの品は、御武家や商家に納めるために、おまえさんが描き上げた物がほとんどでした。修業時代の物ではございません」

「そうか、助かった。注文を受けていたものなら描き直すことは出来る」

「はい、あの時、私の剣幕に驚いて持ち出すのをあの小役人たちは止めたんです。この初菊を褒《ほ》めて下さいませ」

初菊は得意げな顔で冗談交じりに言って胸を張った。

「恩に着る。さすがはわしの女房じゃ」

金蔵は声を上げて笑った。

「これでまた元の暮らしが出来ますね」

初菊は言ったが、

「さあ、それはどうかな」

受けた屈辱《くつじょく》は胸の中に澱《おり》のように沈殿している。

つくづく藩庁の無理無体な権力で人を裁断するやり方に、金蔵は憤《いきどお》りを感じていた。

なにしろ今朝の今朝まで死罪になるのではと怯《おび》え、またその覚悟も余儀なくされていたのだ。

「そうそう、武市半平太さんが心配してお見舞いに来て下さいましたよ。元服したばかりの、まだお若い方なのに、私、感心致しました。とにかく、今日はおまえさんのお好きな物を作りましょうね」

初菊が夕食の準備に立ち上がったその時、武士が玄関に立った。

「洞意どの、無事帰ってまいったか。案じておったぞ」

「これは、ご心配を掛けました」

金蔵は驚いて武士を出迎えると、初菊に、

「この方は納戸《なんど》役の山崎鹿之助《やまざきしかのすけ》さまじゃ」

そう告げて、山崎鹿之助を画塾に迎えて相対して座った。

「他でもない、申し渡すことがあって参った」

山崎鹿之助が神妙な顔で口を開いたのに間髪《かんはつ》いれず、金蔵は手を上げて言った。

「わかっちょります。藩の御絵師の身分から退いてもらう、そういうことでございますね」

金蔵は既に覚悟を決めていたことだ。ところが、

「いや、逆だ。そなたは無罪だった。不注意だったとはいえ無罪だ。わが藩の絵師として、この先も力を貸してほしいのじゃ」

「山崎さま……」

意外な言葉に金蔵は驚いて山崎の顔を見直した。

「洞意殿ほどの絵師はわが藩にはおらぬ。亡くなった池添殿もそなたの事を推《お》しておっ

た。そこで、こたびの事件が落ち着いた暁《あかつき》には、画局支配としてその腕をふるってほしいと、これは上役からのお達しだ」

いかがかな……と山崎は笑みを見せて金蔵の目を探って来た。だが金蔵は、

「画局支配とは有り難いお言葉ですが、どなたか他の絵師にお申し付け下さいませ」

神妙に手を突いた。

「なんと、断ると申すのか？」

山崎は呆《あき》れ顔だ。

「無罪だったとはいえ不覚でございました。狩野派の絵師としての自負はございますが、わしが画局を仕切るとなると、それを良しとしない者もおりましょう。それがこたびの事件を引き起こしたのだと考えております」

「うむ、その事については、われらも密かに調べるつもりだ。不可解な事件であったからな」

山崎も贋作事件については不審を抱いているようだった。

「山崎さまからそのようなお言葉を頂いただけで、この洞意は満足です。画局に席は置かなくても、必要な時にはお手伝いを致します。わしは、今後はこの身の多くを一介の町の絵師として過ごしてまいりたいと考えているのです」

金蔵は丁寧に断った。

「ふうむ……」

山崎は腕を組み、思案の目で金蔵を見詰めていたが、

「酷い目にあったからな、そう思うのも無理はないが……」

呟《つぶや》くように言い、

「画局支配はもう申すまい。ただし、画局に狩野派絵師として力は貸してほしい」

「むろんです」

金蔵が力強く頷くと、山崎は心を残しながらも帰って行った。

「おまえさん……」

案じ顔の初菊が奥から出て来た。

「聞いていたか。そういうことだ。わしは牢にいる間に考えていた。この命、助かったなら、画局から離れて、町の絵師として生きていこうとな」

初菊は不安な顔で聞いている。

「何、暮らし向きはなんとかなる。いいか……江戸には板元があってな、一枚の絵を摺って大勢の者の手に渡るようになっている。町人も気に入った浮世絵などを手にすることができるのじゃ。だがこの土佐には板元は一軒も無い。一軒も無いちゅうことは、わしが描

く一枚一枚が一点物だ。それだけの値打ちがあるゆう訳や」

「そやけど、町人は値の張る物は買うことはできんぞね」

案じ顔の初菊に、

「藩庁のしばりがなければ、なんでも出来る。大漁旗でも節句の幟《のぼり》でも何でも手がけることができる」

「分かりました。おまえさんの思うようにやってみて下さい」

初菊は、きっぱりと言った。

四

無罪となって牢を出てから五年、金蔵の画塾に掛かる檜《ひのき》の看板は『林洞意画塾』から『弘瀬《ひろせ》洞意画塾』に変わっている。

林の名字は亡くなった仁尾順蔵が、狩野派の絵師として金蔵が藩の御用絵師の仲間入りを果たすために、家老の桐間蔵人の力も借りて、絶家になっていた医師の名を買い取ったものだったのだ。

ところが金蔵が贋作事件で牢に入れられた事で、桐間家老は金蔵を預かり支配とすることを断ってきた。

無罪が証明されて放免となった時に、桐間家と縁のある林の名字を返上し、新しい名字を得ることを金蔵は考えていたのである。

幸い初菊の実家は藩御用達の表具師《ひようぐし》の家。初菊の父親も尽力してくれて、跡取りが無く宙に浮いていた医師の弘瀬という名字を買い取り、弘瀬金蔵となったのだった。

林が弘瀬に変わろうが、金蔵の狩野派絵師としての実力が変わることはない。

金蔵の画塾に通って来る弟子たちも年々に増え、神社の奉納絵馬も以前と変わらぬ洞意の画号で描いている。

以前と変わったことといえば、暇を見付けては城下を離れ、土佐の西から東まで村落をめぐっては土佐人の暮らしぶりをつぶさに見聞していることだろう。

またそれらの土地土地の紺屋《こうや》などに立ち寄って、惜しみなく大漁旗や節句の幟など、紺屋の者たちに描き方など伝授しているのであった。

今日も金蔵はどこかに出かけて行ったのか、紙を届けにやって来た手代風の男が、

「絵金《えきん》さん、絵金さん！」

表から何度も声を張り上げて呼んでいるが、家の中からは何の反応も無い。

手代が呼びかけている「絵金さん」とは金蔵のことである。

金蔵はこの頃には、町の人たちから「絵金さん」と親しみをもって呼ばれているのだった。

『絵金』という愛称は、以前から町の絵師職人を親しみをこめて呼んでいたものだ。町の中で凧《たこ》絵や節句の幟などを描いていた人なども、そう呼んでいた。

ただ金蔵が絵金さんと呼ばれているのは、親しみばかりではなく、狩野派の歴とした絵師が、暇をみては三方四方に出かけて行って、多くの人との交流を楽しんでいるからに他ならない。

絵師金蔵を「絵金さん」と呼ぶ言葉には、尊称の色合いも含まれているのだった。

「絵金さんは留守《るす》か……」

手代が独りごちて帰ろうとしたその時、

「あら、松屋《まつや》の仙吉《せんきち》さん」

初菊が三歳ほどの男子の手を、糸萩と片方ずつ引いて帰って来た。

幼い男子は先年生まれた次男の俊三郎《しゅんざぶろう》だ。

そして糸萩はというと今年七歳になり、伸ばした黒い髪で子供の銀杏髷《いちょうまげ》に結い、花柄模様の袷《あわせ》の着物に赤い帯を締めている。

「これはおかみさん、糸萩さんもご一緒で……」

仙吉と呼ばれた手代は、一段と美形になった糸萩の顔を見て微笑《ほほえ》んだ。

「注文していた紙を持って来て下さったんですね」

初菊は言った。

「はい、で、絵金さんは？」

仙吉は持参した紙の包みを初菊に渡しながら尋ねる。

「出かけているんですよ、房太郎と一緒に……」

初菊は紙を受け取ると、

「ごくろうさんでした」

にっこりと笑って手代を見送り、糸萩と俊三郎と一緒に家の中に入った。

さてその頃絵金はどこにいたのかというと、城下の外れの田畑が広がる村芝居の見物人の中にいた。

金蔵は生まれながらの大男で他の見物人より頭ひとつ飛び出ているからすぐに分かるが、倅の房太郎も十一歳とは思えぬほど背が高くなっている。

二人は人垣の後ろから、浄瑠璃三味線《じようるりしやみせん》の腹の中まで揺るがすような音と、感情をこめた浄瑠璃語りに聴き入っていた。

三味線は桃吉郎《とうきちろう》、語りは竹本曽太郎《たけもとそうたろう》。演目は『仮名手本忠臣蔵《ちゆうしんぐら》』の『殿中刃傷《でんちゆうにんじよう》の段』。

今演じられているのは、浅野内匠頭長矩《あさのたくみのかみながのり》なる塩谷判官高定《えんやはんがんたかさだ》が、高家《こうけ》筆頭吉良上野介《きらこうずけのすけ》なる高師直《こうのもろなお》から、散々侮辱を受けている場面であった。

◇　◇　◇

「それ程うちが大切なら、お出でご無用。総体貴様のような、うちにばかり居る者を、井戸の鮒《ふな》ぢやというたとえがある。後学のために聞いておかっしやい。かの鮒めがわずか三尺（約九センチ）か四尺（約一二センチ）の井の中を、天にも地にもないやうに思ふて、ふだんほかを見ることがない。ところがかの井戸替えに釣瓶《つるべ》に付いて上がります。それを川に放しやると、何がうちにばかり居る奴ぢやによって、喜んで度を失ひ、あちらへはうろうろ、こちらへはうろうろ、あげくには橋杭で鼻を打って、即座にぴりぴり、ぴりぴりと死にまする。サかの鮒めが、貴様も丁度その鮒と同じこと。鮒よ、鮒よ、鮒だ、鮒だ、鮒さむらいだ！」

散々にコケにされて、とうとう塩谷判官は抜き打ちに斬りつける。

◇　◇　◇

「真向に斬りつくる眉間《みけん》の大傷。『これは』と沈む身のかはし、烏帽子《えぼし》の頭《かしら》二つに切れ、
また斬りかかるを、抜けつ潜りつ逃げ回る折もあれ」

◇　◇　◇

聴き入っていた観客の何人かが、大声を上げる。

「やっちまえ！」

「逃げるな師直、卑怯《ひきよう》だぞ！」

熱狂する観客を見て、金蔵は苦笑して倅の房太郎を見た。

房太郎の目は、他の観客と同じく血走っている。夢中になっているのだった。

いや、金蔵も興奮しきりだ。

そして、興奮のるつぼとなっているこの鄙《ひな》びた村の地芝居に、金蔵の胸に去来するのは、江戸で見た人形浄瑠璃や歌舞伎だった。

ふたたび舞台に金蔵が視線を戻したその時、

「先生、洞意先生」

背後で金蔵を呼ぶ声がした。

振り返ると、そこには武市半平太と、倅の房太郎ほどの年齢の見知らぬ少年が立っていた。

「おう……」

金蔵は人垣から離れて武市半平太の方に歩み寄った。

「久しぶりだな半平太。お父上お母上と続けて亡くされて、いかがしているのかと案じておったが……」

金蔵は悔《く》やみの言葉を告げた。

あの利発な少年は、今や凛々《りり》しい青年となっている。

「お心遣いありがとうございます。祖母がまだ健在ですので沈んでばかりはいられません。先生、私は妻を娶ることになりまして……」

半平太は照れた顔で報告した。

「それは目出度《めでた》い。ばあさまもお喜びだろう」

「はい。身の回りが落ち着きましたら、また画塾にも寄せていただきます」

「うむ、近頃は賑《にぎ》やかになってな。お前さん、びっくりするぞね」

笑った金蔵の目は、半平太の側に立っている、少年の顔を見た。少年はきらりとした目で金蔵を見上げたが、半平太に背中を叩《たた》かれると、

「出自は土佐山田神通寺《やまだじんつうじ》、郷士の岡田以蔵《おかだいぞう》です」

ぺこりと頭を下げた。すると半平太が、

「我が家とは古い縁のある者です。岡田の家は天保の頃から家老の桐間家の預かり支配となっておりまして……」

と苦笑して報告する。半平太は師の金蔵が預かり支配だったことも知っているからだ。

「この以蔵も、いずれ画塾に通わせたいと思うちょるがです。ですが今のところはやっとうに夢中でして」

半平太が笑うと、

「わしは剣術で立身をしたいがです」

以蔵は胸を張ってきっぱりと言った。

金蔵は房太郎を手招きすると以蔵に紹介して、

「剣術がうまくなったら、この房太郎に教えてやってくれ」

笑って畏《かしこ》まっている以蔵に言った。

五

洞意画塾の広間には、数人の弟子達が初菊の顔を困惑した顔で見詰めている。

初菊は皆の顔を見渡すと、手にある文を翳《かざ》して言った。

「まことに申し訳ない事ですけんど、今朝のことです。洞意はこの文ひとつを置いて旅に出たがです」

「先生は、どこに行かれたがですか」

年長の弟子が驚いて聞き返す。

「さあ、どこに行きましたろうか……江戸に行ったのか、大坂に行ったのか、ここには書いてないんです。でも、きっと絵師としてやりたい事があったんやと思います。皆さんにはよろしゅうと書いてあります。そういう事ですから、しばらくはこの塾は休みにいたします。もちろん、ここに来て粉本《ふんぽん》を見て模写したい人は来ていただいて結構です」

初菊が伝えるとすぐに、

「おかみさん、いつまで休みにするがですか?」

別の若い弟子が訊いた。

「分かりません。この文には何時《いつ》帰ってくるか書いていませんから。半年先か一年先か、二年か三年か……」

初菊も困惑しているところだった。

塾生たちも顔を見合わせて口々に不安を漏らすが、

「静かに……」

初菊は皆の声を制すると、

「皆さん、絵の上達は本人次第や思いませんか……まずは基本をきちんと習得し、さらにはたくさんの生きた草花鳥類など写しとるのも修業のひとつだと洞意先生から聞いちょりますろう。画塾が休みだからと言うて筆を置く暇はないはずです。洞意先生が帰って来た時には、びっくりさせるつもりで、よいですね。では本日は、これまでといたします」

初菊の言葉で、弟子達はぶつぶつ言いながら帰って行った。

「かかさん、かかさん……」

奥の部屋から三歳の俊三郎が兄の房太郎に手を引かれて、母の初菊の元にやって来た。

「かかさん……」

房太郎は不安な顔で俊三郎を母の手に渡す。

「お前は塾に行く時間やろ。もう支度《したく》して行って来なさい」

房太郎を励まして奥にやったその時、

「初菊……」

実家の母まつえが糸萩に連れられて慌ててやって来た。

弟子の前とは違って、母の顔を見た途端、初菊は不安な顔で母を迎える。

「あっ、かかさん」

「糸萩から金蔵さんがおらんなったって聞いてびっくりして来たんやけんど、一体何があったんや」

草履を脱ぐのももどかしく、足をもつれさせながらまつえは部屋に上がって来て座った。

初菊は糸萩に俊三郎の守《もり》を頼むと、金蔵の置き手紙を母に見せた。

急いで文をざっと読んだまつえは、

「まったく人騒がせな……俊三郎はまだ三歳、手が掛かるというのに……訳も言わずに出て行って……おまえ一人に苦労をかけて……あの人はどこまで初菊に心配かけるんや」

怒りで文を下に置いた。

「かかさん、いいんです。私、あの人の気持ち、分からない訳ではないんです」

初菊は言った。

「家捨てて出て行ったんと違ういうのか？」

「けっして家を捨てた訳ではない思います。かかさん、あの人は贋作したいうて酷い目に遭いました。その時に、御用絵師という狭い世界で、人の足引っ張ったり、ごちゃごちゃするのが嫌になったんやと思います。土佐の狭いところで足の引っ張り合いしてる場合じゃない。狩野派の絵師やいうて安穏としている場合でもない。江戸にいたころには、葛飾《かつしか》北斎さんとか、安藤広重《あんどうひろしげ》さんとか、浮世絵師の方々が多くの人達から人気を博しておいでだったとか……裃《かみしも》を着たような狩野派の絵ではなく、身分に関係なく町民達に親しみを持って身近に置いてもらえるような絵を描きたい、今一度この目で確かめたいものやと言うてましたから」

初菊はしみじみと言い、

「私は応援してやりたいと思います。確かにまだ幼い俊三郎もおりますし不安が無い言うたら嘘《うそ》になりますけど、あの人じゃのうても、土佐の男は酒飲んで女房におんぶに抱っこの人仰山《ぎょうさん》おります。新しい道を開きたいと他の世界を見聞しようとしているあの人の方が、よっぽどましな男や思います」

力のこもった初菊の言葉の数々に、母のまつえも大きく頷くと、

「よう分かった。うちの商いだってあたしがいなけりゃととさん一人では捌《さば》くことは難しいんや。土佐の女の心意気、初菊、かかさんも協力するで。困ったことがあったら相談して」

力強く言って初菊を慰めた。

第六章

一

土佐を出た金蔵の消息がぷっつりと消えてから四年後の嘉永《かえい》四年（一八五一）、讃岐国《さぬきのくに》象頭山《ぞうずさん》の中腹にある定小屋《じょうごや》にその姿はあった。

ここは、全国津々浦々《つつうらうら》にまで知られた金比羅大権現《こんぴらだいごんげん》参詣の地だ。山一帯が幕府朱印地で、いわば讃岐の中の治外法権の町である。参詣の道中には天保七年（一八三六）に完成した定小屋が威風堂々《いふうどうどう》建っている。

なにをかくそうこの定小屋は、富くじと大芝居の興行が幕府から許可されていて、天保の改革までは大変な賑わいだったのだ。

しかしここもご多分に漏れず、天保十三年（一八四二）より、宮芝居、人形芝居、富くじは禁じられ、嘉永四年のこの春まで、この地は火の消えたような状態だったのだ。改革を主導した水野忠邦《みずのただくに》が失脚してから既に五年近く、町の有志の懇願《こんがん》が功を奏し、富くじはまだ不許可ながら、芝居は許可され、久しぶりに歌舞伎が上演されているのだった。

むろん改革のしばりはまだ残っていて、常ならはるばるやって来た役者が太鼓を打ちながら町回り（今のおねり）をするのだが、それはまだ遠慮ということらしい。

また、櫓《やぐら》太鼓を賑やかに打ち鳴らし、お客を呼ぶことも控えること、はたまた役者の名前を書いた看板を広場に立てることも許されてはいない。

とはいえ天保十三年に禁止されて以来の大芝居だ。

町の者はむろんのこと、金毘羅参詣に全国からやって来ていた人々で、小屋の中は平場《ひらば》と呼ばれる桝《ます》席はむろんのこと、客席左右の桟敷《さじき》、二階の桟敷。また席料の安い日の出席、跡舟、羅漢台《らかんだい》、無料で観賞できる青田組《あおたぐみ》の席まで満席である。

金蔵はこの小屋の、囃子場《はやしば》に近い場所に陣取って、画帖に筆を走らせているのだった。

今演じられているのは『蘆屋道満大内鑑《あしやどうまんおおうちかがみ》』かの有名な『葛の葉《くずのは》』で知られる『信田《しのだ》の森の場』。

この狂言は、陰陽師《おんみようじ》の安倍晴明《あべのせいめい》の生涯を描いたもので、晴明の父安名《やすな》が信田の森で助けた狐《きつね》が葛の葉姫と姿を変え、安名との間に男子をもうけるが、本物の姫が現れて、泣く泣く我が子と別れて森に帰るという話である。

演じるのは中村歌助《なかむらうたすけ》、中村鹿之助《しかのすけ》、そして坂東福助《ばんどうふくすけ》。

◇　◇　◇

舞台には薄《すすき》の叢《くさむら》、紅葉の立木などあしらって、信田の森の風景が広がるところ、床の浄瑠璃で観客を導いていく。

〜ここに哀《あわ》れをとどめしは、安倍の童子が母上なり。元よりその身は畜生《ちくしょう》の、苦しみ深き身の上を、語り明かして夫《つま》にさえ、添うに添われず住み慣れし、我が故郷《ふるさと》へ帰ろやれ。

すると狐葛の葉あらわれる。

〜我が住み棄《す》てし一村《ひとむら》の、仮の宿は秋霧《あきぎり》に、立ち紛《まぎ》れたるいろいろ菊も、この身知るかと恥ずかしく、足爪立てちょこちょこちょこ、ちょこちょことつま立て……

◇　◇　◇

客は大入りだ。真剣な顔で、この先の成り行きを見ているのだ。金蔵もこの地に立ち寄って半年、金比羅歌舞伎は初めてだった。

すらすらすらりと筆を走らせていると、

「金さん、金さんは江戸の三座も観てきたと聞いてますが、この小屋、三座と遜色《そんしょく》ないですろう？」

先ほどまで東奥場で席の札をお客に売っていた田之助《たのすけ》が、酒どっくりを片手に近づいて来た。

ここでは金蔵は、金さんと呼ばれている。

絵を描くのが好きな中年の流れ者ということになっていて、狩野派の歴とした絵師だとは話していない。

「それにしても何時《いっ》見てもうまいもんじゃのう」

田之助爺さんは呟いて金蔵の役者絵を覗き見て、

「ご禁制が解けたら、役者絵も芝居の看板絵も許可になる。そうなったら、金さん、お前さんが描くんじゃな。きっとたいそうな評判になるに違いないぜよ」

酔っ払った目で金蔵に言った。

この芝居小屋は、中央櫓下にある木戸からお客は入り、奥場と呼ばれる席売りのところで、好みの場所を買うことになっている。

田之助は定小屋が出来た時からの奥場の席売りで、心付けを多く貰ったお客には、良い席を世話するなどして小銭を稼いで暮らしている爺さんだ。

「爺さん、この小屋は大坂の大西座《おおにしざ》を模倣して建てたらしいが、いいねえ、役者が映《は》える」

金蔵も気に入っている。

「だろう……。間口が十三間二尺（約二四メートル）、奥行が二十四間二尺（約四四メートル）。これだけの小屋は土佐にはあるまい？」

田之助は、ふっふっと得意そうに笑うと、真顔になって、

「ちょ、ちょっと……」

顎《あご》で横手の出入り口を指す。

金蔵は仕方なく筆を仕舞い、画帳を抱えて田之助に従って横手の出入り口から外に出た。

舞台からは葛の葉の台詞《せりふ》が聞こえて来る。

◇　◇　◇

「誠《まこと》の姿あらわして、お目にかかるも恥ずかしけれど、これ童子、よう聞きや」

すると床の浄瑠璃の声。
～あるが中にも畜生の、腹を借りしも前世《ぜんせ》の業《ごう》。野干《やかん》の子とて侮《あなど》らるるな。身の上長く守るべし
～いとおしのこの子やと、顔に当て身にそえて、泣き沈み、沈みしが、名残《なごり》は尽きじ、今しばし

◇　◇　◇

「他でもねえんだ。この間描いてくれた絵やけんど、また欲しい言う人がおるんよ」

田之助は金蔵に、笑い絵を描いてくれと言っているのだった。

笑い絵とは、こっけいな絵ということだが、春画《しゅんが》とも枕絵《まくらえ》とも言う。

金蔵の絵は、どちらかというとこっけいな絵に属する。

江戸で金蔵が見た浮世絵師の春画は、綺麗《きれい》な着物を着た女と、どこかの若旦那風の男が、人知れず交わす熱い情を秘技に描いた物で淫靡《いんび》さが全面に漂《ただよ》う絵になっている。

一方金蔵が描くのは、下町で暮らす町人達の、あっけらかんとした情交で、しめやかなところは無く、まるで猫など動物の交尾かと見紛《みまが》う絵だ。確かにこれこそ笑い絵といえる

ものではないか、と思える絵だ。

狩野派の絵師という身分を隠して暮らす金蔵の暮らしの糧《かて》は、多くはこうした笑い絵を描いて得ているのであった。

土佐で暮らす初菊が知ったら驚くだろうが、長い旅を続けてきた金蔵が得たものは、もはや狩野派の技のみに拘《こだわ》っていては、この先絵師として生計を維持することは出来ないのではないかと考えていた。

「じゃあ」

田之助が上機嫌で帰って行くのを見送ったところに、

「金さん、金さん！」

中年の女が走って来た。

「おたきさん」

驚いて迎えた金蔵に、

「染吉太夫《そめきちだゆう》が大変じゃ。ならず者たちに酌《しやく》をしろなんて言い寄られて囲まれちょる、はよう！」

染吉太夫というのは浄瑠璃語りの女で、金蔵とこの金毘羅で同宿している女である。

「場所は？」

血相を変えて訊《き》く金蔵に、

「加美代飴《かみよあめ》！」

「分かった」

金蔵は画帳をおたきの胸に押しつけると、着物の裾《すそ》を捲《まく》り上げて猛然と走り出した。

加美代飴とは、大門を入った参道で五人百姓と呼ばれる特権を与えられた五軒の者が飴を売っている場所のことだ。

そこで染吉太夫が因縁を付けられているというのだった。

二

「待て待て待て待て！」

金蔵は息せき切って大門に走り込んだ。

「金さん……」

ならず者三人に囲まれ、腕を摑まれていた染吉が、金蔵の姿を見て叫んだ。

五軒の飴売りも、それぞれ日傘を壊されたばかりか、商品の飴もあたりにまき散らされて、怖くて一カ所に集まって震えている。

「何をしたんだお前達は……」

金蔵は散らばった飴を見渡して、震えている染吉を見た。

「金さん、その人らは、飴をただ食いしようとしたんですよ。通りかかった染吉さんが、それを止めたんです」

飴屋の女が訴える。するともう一人の初老の飴売りも、

「そしたら、傘を壊し、飴をばらまき、染吉さんに無理難題を言うて……」

怒りで金蔵の目が光る。

なにしろ金蔵は背が六尺もある男だ。おまけに近頃は髪が抜けてきて、見ようによっては山伏《やまぶし》か何かのように見えなくもない。

金蔵が喧嘩に強いか弱いか分からなくても、その図体を見ただけで怖気《おじけ》づく。

金蔵は、近くにあった天秤棒《てんびんぼう》を摑んだ。飴屋が荷を運ぶ時に使っているものだ。

その瞬間に、三人のならず者の顔が強《こわ》ばった。

「お前たちはよそ者じゃろう……この土地の者なら、こちらの飴屋に危害を加えたら、どんなことになるかわかっちょるからのう」

金蔵は、ならず者達に用心深く歩み寄りながらドスをきかして言った。

この四年間の浮浪の暮らしで、以前の金蔵ではなくなっている。

狩野派の絵師という固い袴をかなぐり捨てたことで、必要な時には啖呵《たんか》のひとつも切って、体を張った暮らしをしている。

むろん喧嘩沙汰《ざた》になったことは無いが、世話になっている染吉のためには命ひとつも張れないようでは男ではない。

「俺たちがどうにかなるって……どうなるって言うんだよ」

一人のならず者が、迫って来る金蔵に身構えて言った。

「役人に捕まるにきまっちょるろう。この人たちはこの山を差配する人たちから特別に許可をもろうちょる人たちや。ご祭神の供養においても、なくてはならぬ家の人たちや……そしてその女は、この山の宮芝居にはかかせない浄瑠璃語りの太夫だ」

厳しい声音を発して金蔵は近づいて行く。

「何だよてめえは……この女のナニか？」

染吉の腕を摑んでいた男が、にやりと笑って言った。

「ナニであろうがなかろうが、嫌がっている女に酌をしろなどと、許せん」

金蔵は、ぶんぶんと天秤棒を振り回しながら近づいて行く。

「おもしれえ、やっちまえ！」

染吉を摑んでいた男が染吉を突き飛ばすと、三人は懐《ふところ》から匕首《あいくち》を引き抜いた。

「金さん!」

案じる染吉の声も、もはや金蔵の耳には届かぬ。金蔵は天秤棒を振り回しながら足を広げて立った。

「野郎!」

ならず者の一人が飛びかかって来た。だが、金蔵はその男の腕を強打し、匕首を落としたところで、男の頭上めがけて天秤棒を打ち据《す》えた。

「ぎゃっ」

頭を抱えて倒れた仲間を見て、残りの二人は血走った目で金蔵を睨《ね》めつけた。

——一人はうまくいったが……。

正直、残りの二人もやっつける自信はない。だがここまできたら闘うしかない。

血走る金蔵の顔を不安げに見ている染吉が、

「金さん……権蔵《ごんぞう》親分さんが」

声を上げて一方を指した。

誰かがならず者のことを届けたようで、この山の町を仕切る権蔵という親分が、手下を十人ばかり引き連れて走って来た。

「金さん、あとは任せてくれ」

権蔵は金蔵にそう告げた。

権蔵には田之助を通じて笑い絵を渡したことがあって、知らぬ仲ではない。

「野郎ども、そいつらを縛り上げて役人に渡せ！」

権蔵が大声で命じると、ならず者三人はあっという間に縄を掛けられ、連れて行かれた。

「金さん、おおきに、助かりました」

飴屋の女たちが何度も頭を下げる。

「ひどい目に遭ったな」

金蔵が飴を拾い上げようとすると、

「いえ、こちらは私どもがいたしますから……」

女たちは金蔵の手を制した。そこに染吉が走り寄って来た。

「金さん……」

「いったいどうしたっていうんだ」

あんな奴らを相手にするんじゃないぞと見た金蔵に、

「おまえさんに文《ふみ》が届いているんだよ。それを届けてあげようと思ってここを通りかかったら、こんなことになってしまって……」

染吉は懐から文を取り出して金蔵に手渡した。

「わしに手紙……」

誰にもここにいる事を知らせたことはない筈《はず》なのだがと、怪訝な顔で受けとって送り主を見た。

「松屋《まつや》の仙吉《せんきち》……」

文は土佐の紙問屋『松屋』の手代仙吉からだった。

金蔵は、寝っ転がって天井を見詰め、ぼんやりと考えている。

側には酒どっくりが転がっていて、それに湯飲みと、小皿に食べ残しのスルメが見える。

また、読み終わって広げられたままの文一通も、外からの隙間風《すきまかぜ》を受けて、ひらりひらりと時折揺れている。文は今日届いた土佐の紙問屋『松屋』の手代仙吉からのものである。

これまで金蔵は、三月に一度ほど初菊には住処を知らせていたが、この金毘羅の住まいだけはまだ知らせていなかった。

なじみになった染吉の長屋に居候《いそうろう》していることもあって、初菊に心配を掛けたくなかったからだ。

ところが突然土佐から文が届いた。

――どうしてここがわかったのか……。

慌《あわ》てて読んでみると、松屋の者が所用があって、この金毘羅にやって来た折に、境内《けいだい》で金蔵を見かけ、土地の者に金蔵の住処を訊いていたらしいのだ。

その者は金蔵に会って帰りたいと思ったが、急ぎの用のため、そのまま土佐に帰ったのだという。

ところがこのたび、金蔵の父親専蔵が病で余命もわずかだと聞いたことから、金蔵の塾に紙を届けていた仙吉に文を出すよう言いつけて、それで仙吉が寄越したのだと綴《つづ》ってあった。

金蔵は読み終えた文を無造作に下に置いて酒を飲みながら考えていたのだった。

親とも思えぬ冷たい男だった専蔵には、もうかれこれ二十年余は会ってはいない。

いまさら見舞いもないだろうと思ってみたものの、どうあれ狩野派の絵師になるために土佐を出立するまでは、育ててくれたのは間違いない。

帰るか帰るまいかと、金蔵の心は揺れているのだった。

今金蔵の耳朶《じだ》には、密かにではあるが、華やぐ女の声が聞こえてくる。

ここは染吉が借りている長屋だが、近隣には旅籠《はたご》、料理屋、女郎屋などが軒《のき》を連ねていて、鳴り物はまだ公には許可されていないらしいが、それでも歓楽地としての賑わいはある。

染吉も料理屋などに呼ばれて、三味線弾きの松野《まつの》という初老の女と浄瑠璃語りに出かけていく。

親も兄弟もいない染吉には、浄瑠璃語りが命綱なのだ。

――その染吉と暮らしてもう半年になるが……。

金蔵はふっとまた酒が欲しくなって起き上がり、とっくりを振ってもう一滴も無いのを知ると、舌打ちして、またごろんと横になって天井を仰《あお》いだ。

その脳裏に、土佐を出てからの旅の暮らしが蘇る。

四年前、土佐を出た金蔵は、まっすぐに江戸に向かった。

恩師の前村洞和が天保十二年（一八四一）に身罷《みまか》ったと知らせを貰っていたことから、恩師の墓に線香を手向《たむ》けたいと思ったのだ。

洞和の倅前村洞泉《とうせん》に会った金蔵は、自分が土佐に帰国した後のこと、洞和の塾に周三郎《しゅうざぶろう》（後の河鍋暁斎《かわなべきょうさい》）なる少年が入門して来た話を聞いた。

「並外れた画才の持ち主でな。父が入門を許した時にはまだ子供だったが、何事にも怖がるところがない。神田川《かんだがわ》で見付けた生首を写生したことで、父の洞和は『画鬼《がき》』と呼び期待していた。だが、その父が病で余命を告げられ、駿河台の洞白先生のところに入門させたのじゃ。するとどうだ……父が期待していた通り、めざましい活躍をしている。洞白先生から一昨年《おととし》号も拝領して、今や洞郁陳之《とういくのりゆき》だ」

洞泉の話を聞いた金蔵は、今や河鍋暁斎とも名乗り活躍している後輩に、大いに触発されたのだった。

金蔵がもうひとつ江戸に出た訳は、歌舞伎や浄瑠璃を、もう一度観ることだった。

いや、観賞するだけでなく、人気の浮世絵師が描く芝居絵、大首絵、そして歌舞伎小屋の前に置く絵看板をじっくりと見てみたいと考えていたのである。

折しも天保の改革の余波はまだ江戸でも残っていたが、歌舞伎小屋三座が猿若町《さるわかちょう》に移転していて、歌舞伎座の周りには人形浄瑠璃その他の小屋や、料理屋他食べ物屋なども軒を連ねていて、芝居の町は活況を呈していた。

この猿若町は幕府公認となっていたから、余程のことがない限りお目こぼしだ。

天保の改革まっただ中の折には、役者絵の販売の仕方なども制限されていたようだが、当時に比べれば規制も緩《ゆる》くなっているのだと浮世絵の店の者が教えてくれた。

金蔵は江戸に一年近くいた。そして江戸から名古屋へ、名古屋から大坂へと、帰国の道を戻りながら芝居小屋を巡っていた。

そしていよいよ四国に渡り、金比羅にやって来たのだった。

金毘羅には土産話のついでにと思って立ち寄ったが、ここで浄瑠璃語りの染吉と出会って長逗留となっている。

しかも染吉の宿に泊めて貰ったことで、深い関係になってしまった。

江戸でも大坂でも女郎は買った。そして画帖に女たちを描いて来た。しかし一夜限りの関係だった。

だが染吉とはもう半年近く一緒にいる。

捨て子だった染吉は、義太夫語りに拾われて育てて貰ったのだという。

その義太夫語りも今はこの世の人ではない。自分はひとりぼっちなのだという話を聞いて、金蔵はこの山にいる間は一緒に暮らそうと思ったのだ。

――しかし……。

土佐に帰るしかあるまい。

金蔵の心が決まった時、下駄を鳴らして染吉が帰って来た。

「すぐ御飯にしますね」

染吉は、まだ高揚している顔で言った。

「染吉、話がある」

そこに座ってくれと告げると、染吉は真顔になって座り、

「土佐に帰るんですね、金蔵さん。いや、土佐の絵金さん」

染吉は言った。

「染吉……」

驚いて染吉を見た金蔵に、染吉は言った。

「あたし、おまえさんが狩野派の絵金さんだということは、ずっと前に知っていました。土佐のお客さんが教えてくれたんです。おかみさんもお子さんもいるってことも知っています。でも、金蔵さんはその事は隠している。聞いてはいけないんだと思って言わなかったんです」

「染吉……すまん、欺《だま》すつもりじゃあ」

金蔵は膝を寄せて、染吉の手を握った。染吉は握り返して、

「わかっていますよ、そんなこと。いつかは土佐に帰るだろうと思っていましたから……いいえ、うらみつらみで言っているんではありません。あたし、おまえさんとの暮らし、幸せでしたもの」

「染吉……」

「ひとつだけお願いがあります」

染吉はじっと金蔵を見詰めると、

「私の立ち姿、描いてくれませんか」

寂しげな顔で言った。

第七章

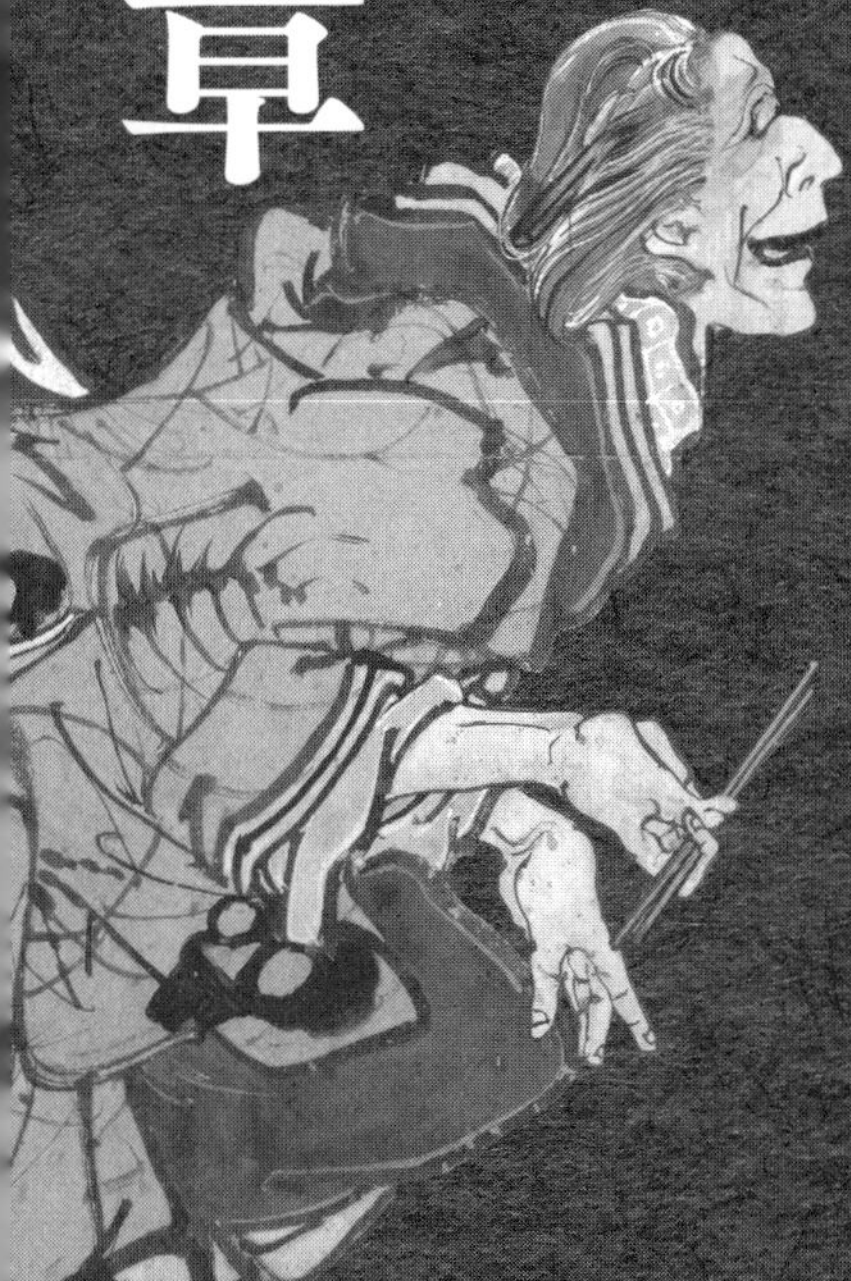

一

金蔵は父親の死に目には会えなかった。

母と弟の話では、亡くなる三日前に、

「金蔵はどうしている？」

専蔵はそう尋ねたようだが、二人が首を振ってわからないと告げると、黙って目を閉じ、以後金蔵のことを訊くことはなかったようだ。

何を思ってそう言ったのかわからないが、あれほど自分を嫌っていた父親が、死ぬ間際に自分の名を口にしたというのには意外な気がしたが嬉しかった。

実家を出てから二十六、七年近くになる。その間一度も会ってない。金蔵の胸には常に専蔵に対する反発心があったように思う。

とはいえ、自分がいっぱしの絵師になれたのは、専蔵から家を追い出されるほどの厳しい言葉を浴びせられたからだと思っている。

反骨精神は何かに挑戦する時には、不屈の力となって成功に導《みちび》いてくれるのかもしれない。

ただ、狩野派の絵師となって思うのは、倅にだけはこのような厳しい道を歩ませたくはないということだ。

平凡でもいい、喰《く》うに困らなければ、ゆるゆるとその時その時を楽しみながら一生を送ってほしい。幸い二人の倅は絵には興味がなさそうだ。

金蔵は帰国するや長男の房太郎を、弘瀬金蔵の長男として御用表具師美吉《みよし》家に養子にやった。

また、帰国した金蔵は天満宮《てんまんぐう》の九百五十年祭に、今や絵師に名を連ねる河田小龍と『玉藻《たまも》の前』の絵を奉納している。

土佐の天満宮は菅原道真《すがわらのみちざね》公が太宰府《だざいふ》に流された時、子息の大学頭《だいがくのかみ》であった菅原高視《たかみ》も左遷されて土佐の権守《ごんのかみ》としてやって来ていたことから、菅原家とは縁の深い神社で、人々からは一宮のように慕われている。

過去に贋作事件に巻き込まれた金蔵だったが誰も気にしてはいない。天満宮だけでなく他の神社からも絵馬や絵馬提灯《ちょうちん》の注文が来る。

金蔵は今も尚、歴とした狩野派の絵師として土佐の者は認めてくれているのだった。

塾生も以前にもまして集まって来ていて、金蔵の塾は賑わいをみせている。

ところが、嘉永《かえい》七年（一八五四）十一月五日の七つ半（午後五時）、親子四人が夕食の膳の箸《はし》を手に取った時のこと、ぐらりっと家が揺れた。

「何……今の地震……？」

不安な顔を初菊が見せたが、間を置かずして、床も天井も揺れ出した。

「地震だ！」

金蔵が叫ぶと同時に、家ごと大きく揺れ出したのだ。

「かかさん！」

糸萩が声を荒らげて立ち上がるが、大きな揺れに跪《ひざまず》く。

「ああ、ああ……」

叫んでいるうちに揺れは次第に大きくなって、とても立てない。

「外に出よう！……早《は》よう！」

金蔵の号令で、初菊、糸萩、次男の俊三郎も、這《は》うようにして外に出た。

大通りには大勢の人たちが飛び出していて、頭を抱えて蹲《うずくま》る者や泣き叫ぶ子供の声で混乱の極みだ。

次の瞬間、ばりばりと音を立てて、何軒かの家が崩れていく。

「津波が来るぞ！」

叫ぶ者がいるかと思うと、

「火事だ！……火事だ！」

大声で顔を覆って前方を指す者がいる。

這いつくばったままで、その方に顔を向けると、白い煙があがり、まもなく薄闇の中に真っ赤な炎が燃え上がった。

「かかさん、かかさん……」

糸萩は母親の初菊にしがみ付く。

辺りは騒然となった。

このままこの寒い戸外で震えなければならないのかと、皆が皆、怯《おび》え恐れて混乱を来している時、町奉行所の役人が這うようにしてやって来た。

「地震が落ち着いたら高いところに移動しろ。津波が来るぞ！」

役人は大声で叫んだ。

「どこに行けばいいんだ、どこに！」

町人達は絶叫する。

その間にも大木が音を立てて倒れ落ち、先ほどまであった家が崩れていく。

地は裂け、水は湧き溢《あふ》れ、山は崩れる……そんな話を聞いたことがあるが、実際大地震に遭遇してみると、恐ろしきこと例えようもない。

家族四人が抱き合って震えていると、少しずつ揺れが収まっていった。

ほっとして家の中に戻ろうとしたところに、

「先生、無事でしたか……」

弟子二人が走ってやって来た。

善治郎《ぜんじろう》と松之助《まつのすけ》だ。二人は共にこの城下の近くに住む商店の者で、金蔵家族を案じてやって来てくれたのだった。

「波が高くなってきています。城下町に潮《しお》が押し寄せてくるのは時間の問題です。今のうちに少しでも高いところに移ってつかあさい」

「すまんな、心配を掛けて。わしも今それを考えていたところじゃ。ただ、わしはここに残ろうと思っている」

「先生……」

案じ顔の二人に、

「お前達二人も、手伝ってくれると有り難い。この惨状を絵に写しておきたいのじゃ。後々のために、絵にして残しておかんと……」

金蔵の目は強い光を放っていた。

この大惨事を綿密に写してこそ絵師ではないかと、金蔵は激しい揺れの中でめらめらと闘志をもやしていたのである。

絵師の本分はここにこそある……。金蔵は強く思った。

「わかりました。お供します」

二人の弟子も緊張した顔で頷いた。

二

大津波はそれから一刻（約二時間）ほどたった頃にやって来た。

人々は米や寝具を丘や小高い藪《やぶ》の中などに持ち運び避難していたが、家ごと流された者もいた。

悪魔のうねりのように津波は防波堤を越えて城下町に入り、家屋と一緒に家財他、それまで身を粉《こ》にして働いて得た物全てを海の底に引きずり込んでいく。

金蔵の家は助かったが、新町あたりまで海のようになっていると、刻々地震津波の様子が誰からともなく知らされる。

朝方になってようやく少し揺れも小さくなった。

金蔵は急いで飯を炊《た》いた。弟子二人と朝食を摂《と》ると、残りの飯を握りにして、画帖を抱えて家を出た。

城下町も津波に襲われた場所には、潮が引いた後に取り残された魚が沢山転がって、ひくひくと尻尾を動かしていた。

その魚を拾ってザルに入れている者達もたくさんいれば、まだ潮が引かずに溜《た》まりになっているところに、網を投げて魚を獲る者もいた。

また、浮遊している家財や衣類や米の袋なども、棒で引き寄せて取る者もいた。

津波で助かった場所では炊き出しが始まっていて、そこに多くの者が列を作って並んでいた。

最初の地震に襲われたのは、昨日夕食時である。食事も摂れずに朝を迎えた者達は、まるで餓鬼《がき》のように椀《わん》に食らいついている。

まだ火が上がっているところもあるが、人々は飢《う》えを満たすのに必死だった。

金蔵は画帖に素早く写し取っていく。

二日目になると、余震も止まぬのを覚悟してか、あちらこちらに簡素な小屋が建ち始めた。

杭《くい》を打って、それに筵をかけて屋根にした雨も風もこれでは凌《しの》げないような粗末な物だ。

三日目になると天気が悪くなって、ちらちらと雪が降ってきた。

金蔵たちは紙子《かみこ》の合羽《かっぱ》に菅笠《すげがさ》を被って家を出た。

城下の西側の山手に向かった時のことだ。

大岩の前に筵を敷き、そこに病んだ母を寝かせて、小枝に火を付け、飯を炊きながら暖《だん》を取っている男に出会った。

着ている物から、被災しなければ、暮らしに困るような人たちではなかったということが分かる。

横になっている母親の顔には、容赦なく雪が降り注いでいる。

金蔵にはその老婆が母の顔に見えた。

自然の災害とはいえ胸が痛む。

「おっかさん、寒かろうに……」

金蔵は自分が着ていた紙子の合羽を老婆の体に掛け、菅笠も脱いで、老婆の顔を雪から守るように被せてやった。

「これは、どなたか存じませんが、ありがとうございます」

倅が膝を折って金蔵に礼を述べる。

「しかし、ここでは凍《こご》え死ぬるかもしれん。どこか別のところに移動した方がいい」

金蔵は言った。倅はほろほろと涙を流して、

「ここまで母親を背負って逃げてくるのがやっとのことでした。家は壊れ、家財は流されまして、僅《わず》かな米と母をここまで運ぶだけで精いっぱい。まだ小屋を作る余裕もなく、昨日今日とここで過ごしています。ところが今日は朝から雪に見舞《みま》われまして、この通りです。おふくろは自分はここに捨て置いて、お前一人安全なところに行くよう泣くのですが、そんなことが出来る訳がないろういうて、先ほども叱りつけたところがです。たった一人の母親なんですから……私を産んでくれた人なんですから……そのおふくろを見捨てるなんてことは出来ませんよ」

どうか私に代わって、母に悲しいことは言わんように言い聞かせてくれませんでしょうか……と男は金蔵に頼むのだった。

金蔵は胸を詰まらせて言った。

「おっかさま、いま息子さんの気持ち、聞きましたろう……わしにも母親がおりますきに、息子さんの気持ちはよう分かります。大好きな母親に、私を捨てておまえだけ逃げろなどと、そんな悲しいことを言われたら、息子さんがどれほど辛《つら》いか……何があっても二人で生き抜くと、そういう気持ちでいるんですから……のう、おっかさま」

語りかける金蔵の目に涙が光る。

老婆は金蔵に手を合わせ、金蔵の言葉に小さく何度も頷いていた。

金蔵はこの親子も絵に写し取った。

またある場所では、妻は火事で、我が子は津波に淩《さら》われたと、一人呆然《ぼうぜん》としている男に会った。

そうかと思えば大水が押し寄せて壊した町を、岩の上から眺めながら、三味線を弾き続けている男に出会い、この様子も絵に写した。

人さまざまだが、歩き回って自分の目で見た惨状は、言葉では語り尽くせないものだった。

「先生、この世の地獄を見るようですね」

松之助がそう言えば、

「被災しても、その人となりは変わらないものだなと思いました。わしの場合、家も両親も助かりましたが、もし家族の誰かが命を落とし、また家屋が全壊していたならば、どのような気持ちで過ごしたろうと思います」

善治郎もしみじみと言った。

十日も過ぎると、壊れた家屋の下や、また打ち寄せる波の中から多くの死骸が発見されて、身元が調べられ、家族がいれば引き渡し、あちらこちらで弔《とむら》いが行われた。

余震はこの年だけでなく翌年も続いた。幕府はこの地震の被害を受けて、年号を『安政《あんせい》』に変えたが、年号を変えても余震はなかなか治まらなかった。

幕府に報告した嘉永《かえい》七年（安政元年・一八五四）の地震の藩内の被害は、家屋の被害一万八〇四二軒、小筒《こづつ》一一〇挺《ちょう》、船七七六艘《そう》、引き網三七七帳《ちょう》、亡所四カ所、土蔵納屋《どぞうなや》三九六〇棟《とう》、田畑二五三二反《たん》、大砲一五門、米一万七五八九石、鰹節《かつおぶし》一五万本、甘藷《かんしょ》二万二〇〇〇貫《かん》、そして死者は三七二人であった。

土佐は大きな被害を被《こうむ》ったのだった。

藩主は十五代豊信《とよしげ》（後の容堂《ようどう》）になっていたが、ペリーが来日してから世の中は不穏な空気に包まれていて、この地震もそういったことと無関係には思えなかった。

金蔵の家は辛《から》くも倒壊をまぬかれたが、金蔵はこの先の世が、黒い霧に包まれていくような予感に身震いした。

三

案の定、地震は安政二年（一八五五）で治まった訳ではなかった。

年が変わって一月には、一日の余震が百回という日も数回あり、この年一年間、ずっと余震は続いていた。

さらに、翌年もその翌年も余震は続き、安政四年（一八五七）八月二十五日にも大地震に見舞われた。

次の年も、その次の年も、まだ油断はするなと、警告するように大地は揺れた。

土佐の地震の余波は、安政五年（一八五八）になっても続いたが、その間に江戸から届けられたよみうりには、安政の地震は土佐だけではなくて、大坂や江戸も被害を受けたことが記されていた。

江戸で発刊されたよみうりは、以前中屋敷で一緒に暮らした中井重三郎が時々送ってくれていたのである。

それによると江戸の被害は、火事五〇カ所、倒壊した家屋は一万六〇〇〇棟、土蔵全壊一四〇〇棟、大名屋敷も一一六藩が被害を受けたとあった。

また地震での死者数は一万人を優に超え、加えてコレラが大流行して、コレラの死者も一万人を超えたというから、江戸も大変だったようだ。

またこれは重三郎の文で分かったことだが、金蔵の憧《あこが》れの人、徳姫が身罷《みまか》ったと知り、初菊にはいえぬが、体の芯から何かが崩《くず》れ落ちるのを金蔵は感じていた。

そしてこのたび、地震も終息し、平穏な暮らしが戻ったと胸をなで下ろしていた安政七年の三月の末、重三郎が送ってくれたよみうりの記事を見て、金蔵は仰天《ぎょうてん》した。

それには、この年三月三日の節句の日に、彦根《ひこね》藩主井伊直弼《いいなおすけ》が、桜田門外で浪士たちに襲われて殺されたとあったのだ。

江戸に暮らす大名達は、節句の日には必ず登城せねばならない。

――そこを狙われたようだが……しかしこれは、ついこの間のことではないか……。

驚愕して胸打つ心の臓の音を聞きながら、もう一度読み返してみると、三月三日の節句の朝、雪の降りしきる道を登城する彦根藩の行列が、豊後杵築《ぶんごきつき》藩松平《まつだいら》家の屋敷門前で惨事に見舞われたと、挿絵《さしえ》には血を流しながら乱れ闘う侍の姿があった。

重三郎は同僚と現場を見に行ったようだが、積もった雪の上に真っ赤な血が染みついて、激しく残忍な闘いであったことが窺われたと文にはあった。

先年から外国船が日本に押し寄せて来て、御政道に亀裂が生じていると聞いていた。外国船との交渉のために、土佐からも中浜万次郎《なかはままんじろう》が呼ばれたと河田小龍は言っていたが、その話を聞いた金蔵は、日本のこの先を案じていたところだ。

万次郎は漂流していた男で、米国で長年暮らし、船員として働き、また帰国前には砂金掘りにも参加した事があり、米国語に通じていることで呼び出しがあったようだ。

河田小龍はこの男からさまざま聞き出して挿絵を添えて『漂巽紀畧《ひょうそんきりゃく》』という本にまとめ、藩主に献上している。

金蔵は天満宮の仕事を河田と一緒にやった時に、ざっと読ませてもらったが、ただただ驚いたというしかなく、自分の知らない世界は果てしないということを金蔵はこの時知った。

いずれにしても、外国船のことといい、桜田門外のことといい、じわりじわりと、この日本の足元が揺らいでいる。その不安は、金蔵だけでなく多くの者が感じているに違いなかった。

「おまえさん、値上がりしたのはお米だけかと思ぅていましたら、反物《たんもの》も高くなって支度《したく》が大変……」

まもなくのこと、外から帰ってきた初菊はやれやれという顔で言った。そして一緒に帰って来た糸萩に、

「それにしてもお公家《くげ》様のところの御女中に誘ってくださったのは名誉なことですけんど、糸萩、おまえさん、本当に大丈夫かしらね」

美しく育った十七歳の娘を見た。

「また、始まった。かかさま、私のことは心配せんでもええきに」

糸萩は笑う。

「そうかもしれんけんど、房太郎はもう家の人ではないし、おまえが京に行ってしもうたら、寂しいやないか」

初菊は支度を調《ととの》えてやりながらも、娘を京にやる踏ん切りが付かないのだ。

「俊三郎がいるやない。それに寂しゅうなったら、ほら、あの絵、ととさまが牢屋で描いた私の絵、あれを見て、ね……そうよね、ととさん」

糸萩は笑って奥に引っ込んだ。

親と離れる寂しさよりも、糸萩の心を占めているのは、新しい世界で生きる喜びだったのだ。

初菊は苦笑して立ち上がった。もう何を言っても聞く耳を持ちそうにもない。

絵師金蔵の家に、このような話が持ち込まれたのはこの正月のこと、納戸役の山崎鹿之助がやって来て、

「洞意殿、糸萩さんを女中奉公に出してみませんか」

と言ったのだ。金蔵は驚いて、

「うちの娘に勤《つと》まるとは思えんけんど……」

返答を渋《しぶ》ったが、

「糸萩さんは美しゅう育っちゅうけに、申し分ない思いますが」

山崎鹿之助は言った。

行く先は京の公家中山《なかやま》家ということだった。

「ご存じかと思うけど、土佐と三条《さんじょう》家はこれまでにも深い繋がりがある。先年、三条公《きん》睦《むつ》様のところには恒《つね》姫様が嫁いでおられる。公睦様は六年前に若くしてお亡くなりになりましたが、恒姫様はご子息をお育てになって京におります。その恒姫様からお公家の中山家に相応《ふさわ》しい女子を寄越してほしいと依頼がありまして、まっさきに浮かんだのが糸萩さんだったんです」

山崎鹿之助は、是非にもと金蔵の顔を窺った。

金蔵は神妙な顔で話を聞いた。贋作事件からこちら、常に変わりなく金蔵を土佐の狩野派絵師として付き合ってきてくれた鹿之助の言葉である。

ただ、糸萩の気持ちも聞かずに、ここですぐに断ることも出来ないと思った金蔵は、そこで糸萩を呼んで、事の次第を告げると、
糸萩は頰を紅潮して、

「よろしくお願いいたします」

両手をついて山崎鹿之助に頭を下げたのだった。

山崎鹿之助はまじまじと糸萩の姿形を眺めて、

「金蔵さんの子供とは思えん美しい娘に育って……きっと中山様も喜ばれるに違いない。よろしゅう頼みましたぞ」

喜んで帰って行ったのだ。

金蔵は初菊の前ではけっして動揺しているところは見せていないが、広げたよみうりを畳みながら、糸萩の幸せを祈らずにはいられなかった。

四

「先生、もうここに足を運ぶことは出来なくなりました」

翌年、糸萩もいなくなった金蔵の家に、久しぶりに武市半平太が訪ねて来た。

新町に道場を開いて多くの門弟を抱え、繁盛していると聞いたのもつい先年のこと、既に三十路《みそじ》に入った半平太の活躍は噂《うわさ》で聞いていたが、今日も道場主らしく二十歳過ぎの供侍も連れている。

半平太の顔は高揚していた。嬉々としていて興奮が伝わって来る。

「江戸に行っちょったらしいな」

金蔵が尋ねると、

「はい、江戸で『土佐勤王党《きんのうとう》』を立ち上げました。同志は一九二名に上ります。先生はご存じないかもしれませんが、平井収二郎《ひらいしゅうじろう》、中岡慎太郎《なかおかしんたろう》、吉村虎太郎《よしむらとらたろう》、そして豪商才谷屋《さいたにや》を本家に持つ坂本龍馬《さかもとりょうま》いう面白い男も加わりました。下級武士や郷士がほとんどですけんど、国を変えるのじゃと皆張り切っちょります。この岡田以蔵も一員です。先生、この以蔵はだいぶん前に一度ここに連れて来たことがある男ですよ」

半平太は、自分の側できらきらした目で金蔵を見ていた若い侍の肩を叩いた。

「お久しぶりでございます。以蔵です」

頭を下げて挨拶した以蔵には、半平太を慕ってやまない忠誠心が見て取れた。

同時に、この機会を逃すまい、きっと一旗揚げてやる、そんな気魄《きはく》が以蔵の体から伝わって来る。

二人の高揚した顔を見ていると、若き日の自分や友人の辰之助の姿を思い出した。猛進することも大事だが、それゆえに墓穴をほることもある。

「重々気を付けねば……」

金蔵は半平太の先行きを案じて言った。すると、

「容堂公も承認ですきに……あのお方も井伊掃部守《かもんのかみ》には酷い目に遭わされて早々隠居しち

ょりましたが、それも晴れて、今後はご意見番の一人として日本の国を引っ張って下さるようです。私たちは私たちのやり方で、この国を変えていきたいと思うちょります」

半平太の顔には、一点のくもりも見えなかったが、金蔵はやはり、昔おこぜ組の一員になった友人の桑島辰之助のことを思い出していた。

辰之助も清雲の志《こころざし》を抱いておこぜ組に加入した。それも藩主じきじきの声が掛かってのことだったのだ。

だが、少しの油断が組の崩壊に繋がった。そして命までとられてしまった辰之助の事を思い出すと、今でも胸が締め付けられる。

「半平太、慎重にな」

金蔵はそう言って見送ったが、一抹の不安を払うことは出来なかった。

案の定年が明けて四月、八日の夜の雨の日に、吉田東洋《よしだとうよう》が藩主豊範《とよのり》の侍講《じこう》を終えての帰り道を刺客に襲われ暗殺されたと聞いた。

東洋は藩主に重用されて、家老の中には東洋失脚を望んでいた者も多いと聞いていたが、

——まさか……。

半平太が関与しているのではないかと案じていると、刺客は勤王党三人で、東洋の首を

城西の雁切川《がんきり》にさらし、傍《かたわ》らには東洋の藩政専横を弾劾する一文が添えてあり、刺客は脱藩したということが分かった。

藩政とは遠い距離にある金蔵だが、土佐一国、それも城下で起こったことは、金蔵で無くても寸時《すんじ》に知ることになる。

東洋が殺されたのち、すぐさま東洋派だった家老達はお役御免となり、代わって山内家の分家筋の家老、山内下総《しもうさ》と後藤内蔵助、そしてあの桐間蔵人が再び執政になったと聞いて金蔵は苦笑した。

「なんだか世の中がどんどん変わっていくような気がします。女の髪飾りや衣類などもやかましいことを言わなくなりましたから、お金のある家は、なんでも、好きな物を買えるようになりました。お侍の刀だって、身分に関係なく金銀をあしらっても何も言われなくなったようですよ。おまえさん、これはやっぱり、半平太さんたち下級武士の皆さんが認められ、活躍できる世の中になったからなんでしょうか……」

初菊はそう言ったが、一方では、世の中が予想出来ない状況になっていっていることに不安があるようだった。

政治向きのことを聞かれても金蔵には計《はか》り知れぬことだ。ただ、

「初菊、糸萩から文は来たか？」

俄に娘のことが気になって初菊に尋ねた。

「それが、このところ文は途絶《とだ》えてますすろう……この物価高ですからお金が足りなくなってるかもしれん思うて案じているんですが。あの子はあの子で、こちらの暮らしを案じてお金の催促はしてこないのかもしれません。辛抱《しんぼう》強い子ォですから。おまえさん、お金を送ってやってもよろしいでしょうか」

初菊は言った。

公家や武家に奉公するのは名誉なことだが、奉公先の暮らしは、実家の気配りがあってこそだ。特に部屋子を雇ったりすると、その費用は全部自分で持たなければならない。

糸萩も部屋子を雇ったという文を一度寄越していたから、初菊は糸萩の懐を案じているのだった。

「送金してやればいい。金のことは案じるな」

金蔵は言った。町絵師になったことで、今は仕事に困ることはない。

金蔵は、牢屋で描いたあの幼い頃の糸萩の絵を見遣《みや》った。

紙に描いたあの絵は、牢を出てからまもなく彩色して軸に仕立て、糸萩が京に出立したのちは、壁に掛けて眺めている。

蝶々を追っかけるあの糸萩の絵は、肌の色、髪を結んだ赤い布、綿入れの着物、赤い帯など色を差したことで、より臨場感あふれる可愛らしい絵に仕上がっているのである。

「ふむ」

こうしてはいられぬと、初菊が奥に向かうと金蔵はすっくと立ち上がって仕事部屋に入った。

そこには絵馬提灯に使用する絵が広げてある。

縦が二尺九寸（約八七センチ）、横が二尺一寸（約六三センチ）の和紙に『仮名手本忠臣蔵』を描いているところで、今三枚の絵が仕上がっている。

まず一枚目は『大序《だいじょ》』。塩谷判官《えんやはんがん》の妻顔世御前《かおよごぜん》に横恋慕《れんぼ》した高師直《こうのもろなお》が恋文を渡そうとして言い寄る場面だ。

この段では、困惑する顔世を桃井若狭助《もものいわかさのすけ》が助けたことで、師直は腹を立てて若狭助を辱《はずかし》める場面である。

ただ、金蔵の絵は、人形浄瑠璃で演じられる風景とは違った金蔵独特の感性で描いていく。

人形浄瑠璃の舞台では、その場所は鶴岡八幡宮《つるがおかはちまんぐう》だが、金蔵が描いているのは、屋敷の縁側で顔世御前が裾をめくり、白い足を露《あら》わに見せてくつろいでいて、その様子を師直が芝垣に隠れて盗み見しているという構図である。

性的関心をむき出しにした芝居絵になっている。

確かに『仮名手本忠臣蔵』は、師直のこの顔世への横恋慕が大事件に発展する筋書きとなっているのだが、金蔵の解釈としては、その本質を突出して描いたもので、この話の根幹が一目で分かるようになっている。

「よし……」

まずはこれまでの絵を眺め、金蔵は次に描く四段目の『塩谷判官切腹の段』に取りかかる。

白い紙を前にして、この時から金蔵の頭の中には、浄瑠璃語りが蘇《よみがえ》って響いてくるのだった。

◇　◇　◇

「この判官酒興《しゅきょう》もせず、血迷いもせぬ。今日上使《じょうし》と聞くよりも、かくあらんと期《ご》したる故《ゆえ》、予《かね》ての覚悟見すべし」

と、大小羽織《はおり》を脱ぎつれば、下には用意の白小袖、無紋の上下死装束《しにしょうぞく》……。

◇　◇　◇

　これからは切腹の場面である。

　金蔵は頭に浮かんで来た情景を描くため筆を取った。だがその時だった。

　初菊が部屋の向こうから声を掛けた。

「おまえさん、お客様です」

「誰だね」

　これからという時にと、苦い顔を上げると、

「すみませんな、私です」

　現れたのは古物古書店の『大坂屋《おおさかや》』の主《あるじ》・庄兵衛《しょうべえ》だった。

　庄兵衛は部屋を覗《のぞ》くなり、すぐに出来上がっている芝居絵に目が留まったらしく、

「おうおう、これは妙《みょう》妙《みょう》たる絵でございますな。大提灯の絵でございますな。さぞかし注文主も喜ぶことでございましょう」

　などと独りごちて、じいっと絵を眺める。

　庄兵衛はこれまでにもたびたび絵の仲介をしてくれていて、金蔵は相当の稼《かせ》ぎを得てい

る。追いかえす訳にもいかず、

「で、今日は何の御用ですかな」

金蔵はむっつりした顔で尋ねた。

「これこれ、これですがな。絵馬台に絵金さんの絵がほしい、聞いてみてくれんろうか言う人がおりましてな。厄除《やくよ》けで神社に奉納したい言うてるんですわ。近頃は恐ろしいことばっかし続きますろう……そやから、どばっと厄を吹っ飛ばすような絵がえらしいんです。どんな絵がええか、それは絵金さんにお任せします言うてるんですが……」

庄兵衛は手をすり合わせ、愛想《あいそ》笑いを送って来た。

「今年の夏の祭りなのか？」

金蔵が尋ねると、

「はい、急なことですが……」

そう言いながらも庄兵衛は、どうしてもこの話を飲んで欲しいという顔だ。

「分かった。少し値が張るけんど、それでえいろうか……」

金蔵の返事に庄兵衛は、

「結構です。お願いします」

ほっとした顔で頷いた。

五

絵馬提灯に絵馬台への芝居絵の注文は後を絶たず、金蔵は近頃多忙の極《きわ》みだ。

金蔵が描く祭礼の時の絵馬提灯や台提灯は、城下の神社だけでなく、土佐の国の西から東まで多くの神社から注文が来るようになっていた。

台提灯というのは絵馬提灯よりも大がかりで、大きな台を組んだ中に芝居絵をはめ込んでいる。

これに灯《あか》りを点《とも》すと、絵金が描いた絵の中の人物は、まるで今この台の舞台で演じているがごとくに見える。

天保の改革も今や遠い昔の話で、町や村では頻繁に芝居や浄瑠璃が演じられるようになっていたし、祭りともなればなおのこと、絵馬提灯や絵馬台に灯りが点ると、いっそう賑々《にぎにぎ》しい祭りとなった。

歌舞伎好き浄瑠璃好きの金蔵だが、近頃では外出する時間もないほど忙しい。

弟子にも墨を磨《す》らせたり、膠《にかわ》の処理をさせたり、また絵の具を溶かせたり、彩色を手伝わせたりしてきているのだが、注文が多くて金蔵の緊張が途切れることはない。

ただ、金に不自由することはなくなっていた。

糸萩にも充分な送金を続けているし、次男の俊三郎には足軽の株を買って下士の身分とはいえ侍にした。

俊三郎は早速杓田《ひしやくだ》の河原に操練に毎日出向いている。

何時《いつ》何があってもお役に立つようにと厳しい訓練が行われていると聞いているが、俊三郎は弱音も吐くこともなく、

「ととさん、近頃では町人も男とか女とか関係なく、訓練に参加する者を募っているような状況です。京ではずっと騒乱が起きていますから、何時でもお役に立てるように鍛《きた》えておかねば……私は鉄砲の撃ち方も教わっていますよ」

俊三郎は頬を染めて報告してくれるが、初菊は足軽になった倅が何時京やどこかで紛争が起きて連れていかれるのではないかと、内心びくびくしているのだった。

金蔵も初菊も、京の様子は糸萩が寄越す文で知ることが出来ている。

勤王党を率いる武市半平太は、今や上士格に昇格し、京で活躍しているらしい。

また、河田小龍が期待していると語っていた坂本龍馬という男の活躍も、糸萩は文に書いて送ってきていた。

そのような状況を聞くにつけ、土佐では勤王党のめざましい活躍が若い郷士の胸を鼓舞《こぶ》

していらしく、勤王風俗が流行《はや》り出している。

月代《さかやき》の剃地《そりじ》を幅一寸（約三センチ）ほどにして、闊歩《かっぽ》する姿に金蔵は眉《まゆ》を顰《ひそ》めて眺めていた。

郷士が勤王党に夢を託《たく》しているのは分からない訳ではないが、辰之助と同じように、その夢が破れる日が来るのではないかと案じていた。

案の定、この年の六月、俊三郎の話によれば、現施策に不満を持った平井収二郎という者達三人が、隠居している前藩主の豊資を担《かつ》ぎ出し、藩政改革を企てようとして容堂の怒りを買い、捕縛されて京から土佐に移送されたのち、切腹となったと聞く。

「切腹だと……」

金蔵が驚いて聞き返すと、

「見事な最期だったと聞きました」

俊三郎はそう言ったが、金蔵の脳裏に浮かぶのは、刀を突き刺した腹から夥《おびただ》しい血が溢れている姿だった。

「若い命を……」

まるで芝居を観ているような、暗然たる思いで立ち上がった時、

「先生、お願いがあって参りました」

やって来たのは、赤岡《あかおか》から通って来ている弟子の安吾《あんご》という男だった。

安吾は部屋に上がって来ると、

「先生、赤岡の干物問屋の『土佐屋《とさや》』の主が、芝居絵を描いてほしい言うちょります。赤岡ではこの夏、須留田《するだ》八幡宮で歌舞伎をやるがです。わしも手伝いますけ、お願いできませんろうか」

絵金の前に膝を揃えた。

安吾は赤岡で米屋を営む今年四十歳になる男だが、金蔵の画塾に十年近く通ってきている熱心な弟子の一人だ。

米屋なら屈強な男を想像するが、安吾は細身の体だ。それでは米俵を扱うのは大変だろうと聞いたことがあるのだが、安吾はにやりと笑って、

「女房が力持ちで……」

笑って頭を掻いたことがあった。

安吾が貰った女房は、腰付きのがっしりした腕っぷしの良い、働き者の女らしい。

「あいつのお陰で、わしはこうしてここに通って、好きな絵を描いていられるのです。女房には感謝しています」

どのような女なのか会ったことはないが、安吾がぞっこんなのは知っている。

金蔵は歌舞伎と聞いて心が躍った。

「何時やるのだ？」

安吾に尋ねると、

「一月《ひとつき》先です」

「一月か……」

思案の金蔵に、

「わしの家を使うて下さい。米蔵ひとつ空けますから、そこで描いていただければ……」

安吾は金蔵の顔を窺う。

「米蔵か……」

金蔵は頷いて、

「赤岡には、おふくろの腹違いの妹が嫁いだ家があるんじゃが……」

「えっ、どなたですか。商人ですか？」

安吾は驚いて聞き返す。

「廻船《かいせん》問屋の『湊屋《みなとや》』だ」

「こりゃあ驚いた。今までなんにも話してくれなかったやないですか……水くさいなあ、湊屋といやあ赤岡では一、二を争う廻船問屋じゃないですか」

安吾は驚いている。

「いや、話すも何も、一度も行ったこともない遠い親戚《しんせき》だ。そやからそこで画室を借りる訳にもいかんのじゃやて。おまえさんところの蔵を使わしてくれるのなら……」

金蔵の目が俄に光を放つのを見て、

「お願い出来ますね」

安吾は顔を紅潮させて念を押した。

六

赤岡は城下から東に四里（約一六キロ）ばかり、男の足だと二刻（約四時間）程で行ける。

金蔵は翌日、弟子の善治郎と松之助を供にして安吾の店に向かった。

赤岡へ近づくにつれ、海がすぐ目の前に見え、白い波が立つ海上に多くの船が見えた。

赤岡は海岸線にある町だ。廻船業や漁業の盛んな所で、しかも町の背後には平野が広がり、更にその先には山畑も見え、樹林もあることから、山菜や農作物も豊富に採れるし、山海の資源に恵まれた一大商業地であった。

しかもこの地は長宗我部家《ちようそかべ》に縁《ゆかり》のある人たちの居住地でもあり、藩主山内家に対しても、必ずしも盲目的な従属はしないという反骨精神の者が多く住んでいると聞いている。それもあってか天保の改革が頓挫《とんざ》した時、その余波にも真面目に反応して芝居や相撲などを控える町村がある中で、赤岡は早々に芝居狂言、浄瑠璃など、堂々と村々で行ってきたらしい。

このたびは歌舞伎役者を呼んでの芝居狂言とあって、赤岡の旦那衆、町人、百姓達も皆、芝居を成功させるために力を入れているのだと安吾から聞いている。

案の定金蔵が赤岡に到着すると、町の世話役二人と安吾が出迎えてくれた。世話役の一人は、

「勤王とか佐幕《さばく》とか言うて、土佐だけじゃのうてようけ血が流れちょります。商いをやっていても、妙に落ち着かんて皆不安になっちょります。嫌な空気を、ぱあっと吹き飛ばすような、そんな絵をお願いします」

と言った。するともう一人の世話役は、

「安吾さんから、看板絵じゃのうて、二曲一隻《せき》の屏風絵と聞いちょりますが……」

金蔵に期待の視線を投げて来た。

「その通りじゃ。まあ、期待しちょって下さい」

金蔵には自信があった。

江戸では散々浮世絵師歌川派の看板絵を見てきた。

だが金蔵が頭に描いているのは、役者の綺麗な立ち姿ではなく、もっと直線的で感情露《あら》わな、物語の最も盛りあがる『山場』が分かる芝居絵であった。

今後の段取りを打ち合わせると、金蔵は弟子三人と一緒に須留田神社に向かった。回り舞台を見たかったのだ。

「ほう……」

舞台の前に立った金蔵は、思わず声を上げた。

江戸や金比羅のような大がかりな舞台ではないが、観覧客が屋根のある建物の中だけでなく、延長線上にある境内に茣蓙《ござ》を敷いて多くの観客が楽しめるようになっていた。

「この形が芝居の原点じゃな。善治郎、松之助、ようく見ておけ」

金蔵も興奮していた。

ほくそ笑みながら須留田八幡を引き揚げると、安吾の家に向かった。

「先生、こちらをお使い下さい」

安吾は胸を張って蔵の中に案内した。

「ほう……これはいい」

金蔵は広い蔵を見渡した。

安吾は米蔵の中を綺麗に片付けて、芝居絵を描くために必要なものは全て揃えて並べていた。

部屋の片隅には酒樽《さかだる》まで置いてある。

「湊の衆が運んで来たがです。お茶がわりに飲んでくれ言うて……ここの男衆は、昼間っから酒を飲む者も多いですから……」

安吾は苦笑して言った。

「いやいや有り難い。家にいると女房がうるそうて昼間から酒は飲めんき……どうじゃ今一杯やるか？」

にっと笑って弟子達の顔に問うたその時だった。

安吾の店の者が蔵の中に入って来た。

「絵金さんに会いたい言うて湊屋さんの方達が……」

店の者が背後に視線を送ると、湊屋と白抜きした紺の袢纏《はんてん》を着た男が、老女のお供をして入って来た。

「金蔵さん、こちらは湊屋のおばばさまです」

袢纏の男は老女を紹介した。

老女は上物の絹の着物で身を包み、びろうどの鼻緒の草履、白髪が走る髷《まげ》には銀のかんざしが光っている。

——ああ、母親の腹違いの人だ……。

と金蔵は思ったが、こちらから挨拶をするより先に、

「なんとまあ、赤岡に来るんなら連絡のひとつもしてくれたら良かったのに……姉さんも水くさい。金蔵さんやったね、私の名前を聞いてるやろ？」

老女は金蔵の顔をじっと見た。

「いえ……家には長いこと帰っておらんのです。親不孝をしちょります」

金蔵は言った。大おかみは苦笑して、

「あての名は、さきえ言うのやで。この男は手代の宗助《そうすけ》。おまえさんに須留田八幡様の芝居絵を描いて貰うように頼むいうて商人仲間から聞いちょったんよ。歴とした狩野派の絵師じゃて随分《ずいぶん》前からこの赤岡の町にも噂は聞こえてきちょったからね。そのおまえさんが来るのなら、こっちも鼻高々や思うてまっちょったのに、ちっとも連絡くれんかったじゃろう。そやからこっちから会いに来たんや。だってそうじゃろ。おまえさんが来るて分かっちょるのに、湊屋が知らんぷりしたら町の笑いものや」

そうまくし立てると、宗助に合図を送った。

すると宗助が、いったん外に出たと思ったら、湊屋の法被《はっぴ》を着た若い衆が、角樽の祝い酒や大皿に盛った料理を運んで来て、蔵の中にどんどん並べていく。

大皿には鯛《たい》の造りをはじめ様々な魚の造り、それに練《ね》り物各種、鮨《すし》もどっさり載っている。

「こんなご馳走……おばさん」

困った顔を上げて叔母《おば》を見た金蔵に、

「料理屋にわざわざ作らせたんよ。これ存分に食べて頑張ってお描き。甥《おい》っ子が町に呼ばれてやって来たのに、湊屋が酒もなんにも出さんかったなんてことは出来んろう。赤岡に滞在している間は、足りないものがあったら何でも言うてくれたらええ。ああ、それから、須留田八幡様の絵を描き終えたら、他にもおまえさんに描いてほしい言う人が何人もおるんやから。私も頼みたいことありますから、いいね、頼みましたよ」

あっけに取られている金蔵に、叔母のさきえは一人しゃべりして、奉公人たちを引き連れて帰って行った。

「すげえなこれは……」

安吾が料理を見渡してから、

「あの大おかみは遣《や》り手で通っている人らしいですよ。店は倅に譲っていますが、いまだに肝心要《かなめ》のところは、あの大おかみにおうかがいを立ててるいう話やから」

つい料理に手が伸びるが、善治郎がその手を摑んで、きっと睨んだ。

さきえの出現は、まるで台風に襲われたような気分だが、思いがけぬ応援に、金蔵は嬉しかった。

目の前には、先に安吾が差し入れしてくれた樽酒と、たった今叔母が差し入れしてくれた角樽二つの祝い酒がある。

――これを飲まずにおられるものか……。

土佐の男なら皆そう思う。

「無駄にしたら勿体ない。安吾、おまえの家の者、店の者もここに呼んで来るといい。せっかく頂いた酒と料理や。丁度腹も空《す》いてるし、皆でいただこう」

金蔵のこの言葉で、安吾の蔵では宴会が始まったのだった。

七

板張りの蔵の中には幾つもの百目蠟燭《ひゃくめろうそく》がゆらいでいる。

床には赤い毛氈《もうせん》が敷かれ、その上に台になる板を置き、襖《ふすま》二枚分の紙が広げられている。

弟子三人が目を皿のようにして見詰める中、金蔵は筆を取って描き始めた。

大小八本の筆を、口に加え、指の間に挟み、描く線によって筆を変えていくのだ。

金蔵が描こうとしているのは『義経千本桜《よしつねせんぼんざくら》』三段目の『鮨屋《すしや》』だ。

昨日の世話役との打ち合わせで、このたび須留田八幡宮で演じられるのは『義経千本桜』だと聞いていたからだ。

昔戦いに敗れ落ち延びたことのある長宗我部につながる者達の町だけに、演目はぴたりとくるなと金蔵は思った。

役者は大坂から呼ぶらしいが、金蔵の頭の中には人形浄瑠璃の『義経千本桜』の三段目、

「春は来ねども花咲かす、娘が漬けた鮨ならば、なれがよかろと買いに来る」

で始まる『鮨屋の段』の浄瑠璃語りが聞こえて来ている。

この話は題目通り、兄の源《みなもとの》頼朝《よりとも》の怒りをかって落ち延びていく義経の話が軸だが、そこに、生き残っていたとされる平氏の人たちの物語が交錯する造りになっている。

だから鮨屋の段の主人公は義経ではなく、名物の釣瓶《つるべ》鮨屋の弥左衛門《やざえもん》と倅のいがみの権《ごん》太《た》の話である。

ならず者のいがみの権太は、金の無心で実家の鮨屋に帰って来たのだが、そこに平家の残党捜しの侍達が押し入ってくる。

実は父の弥左衛門が匿《かくま》っている人は平維盛《たいらのこれもり》だったのだ。

弥左衛門は維盛を隠そうとするのだが、倅のいがみの権太は、平家残党を捜しに来た梶《かじ》原平三《わらへいぞう》に、これが維盛の首だと言って生首を差し出し、褒美《ほうび》を貰うのである。

しかも権太は、ぐうぜん旅の道すがら立ち寄っていた維盛の妻子までも、後ろ手に縄を掛けて引き渡したのだった。

弥左衛門は仰天し怒りに任せて、我が子権太を刀で刺してしまうのだ。

弥左衛門がそうするのには理由があった。以前、平家の平重盛《しげもり》に恩を受けていたのである。

堪忍《かんにん》出来ぬと睨む父親に、権太は刺された腹から血を流しながら、

「追っ手に渡したのは親父が鮨桶《おけ》に隠しておいた別人の首。差し出した妻子は自分の妻子だ」

と訴える。

父の窮状《きゅうじょう》を知った権太は、これまでの自身の無頼を反省し、両親も維盛妻子も救おうとしてやった事だったのだ。

やがて維盛は姿を現し無事だと分かり、改心したことを訴えながら死んで行く権太と、そんな権太を抱いて泣く両親の話である。

この三段目は以前金蔵が江戸で鑑賞した時に、何時か看板絵を描くのだったらこの場面だと、役者の演じる顔を画帖に写していたものを描いた。

金蔵は、まずは二曲一隻の第一扇《せん》には、維盛を差し出せとやって来た鎧《よろい》姿の追っ手の梶原とその手下を描いた。

その足元には後ろ手に縛られ、猿ぐつわをされて突き出された女と子供。そして一扇の左端真ん中には、権太の手に摑まれて差し出した生首を描いていく。

「ほう……」

声なき声を発しながら、弟子達は見詰めている。

金蔵が一気に描く骨線の肥痩《ひそう》、流れるように描くその線の表情を、弟子たちは固唾《かたず》を飲んで見つめている。

今度は第二扇に取りかかった。

こちらには、歯を食いしばって立ち、第一扇に向けて手を伸ばし、生首を摑んで差し出している権太をどんどんと描いていく。

そしてその向こう隣室からは、刀を抜きかけて睨んでいる父親と、おろおろしている母親の姿を描く。

登場人物のそれぞれの表情も、睨み据える梶原の顔、苦悶《くもん》の女の顔、心情穏やかならぬ顔を追っ手に背《そむ》けながら生首を差し出した権太の表情。さらには、地面を掻きむしるように踏ん張った足の権太の表情も心情を表している。

また、登場人物それぞれが着ている衣服の乱れや流れも、それぞれの人物の心情が瞬時に分かる描き方だ。

「先生、この二扇で『義経千本桜』の三段目の話が、どういうものなのか分かりますね。まるで芝居を観ているようです」

安吾は興奮して言った。

「よし、彩色だ。皆に手伝ってもらうぞ」

金蔵は興奮顔でみんなの顔を見渡した。

芝居絵はこれまでも台提灯などで描いて来たが、狂言の看板絵として、しかもそれを二曲一隻の屏風に描くのは初めてのことだ。

長い年月、歌舞伎や人形浄瑠璃を観てきた金蔵は、演じる役者の顔や姿態を写した画帖を保管している。

苦悶、怒り、喜び、哀しみを、どう描けば訴えることが出来るのか、浮世絵師歌川一派の絵看板ではなく、金蔵独自の訴え方が、頭の中で出来上がっている。

だから今、いきなり紙に骨線を引いても、ぐんぐん勝手に筆が動いていくのだ。

金蔵が二枚の襖に骨線を描くのに、さほどの時間もかからなかった。

「いいか、この梶原の袴《はかま》と陣羽織《じんばおり》は赤だ。子供の袴、女の裾と袖から見える下着も赤だな……権太のここは黒だぞ……」

金蔵は詳細に色の指定をしてみせる。

「はい」

弟子達も緊張して、色を入れていくが、むろん肝心なところは金蔵自ら彩色していくのだ。

蔵の中に燃え続けている百目蠟燭は二十数本、間断なく炎を上げて金蔵の手元を照らしている。

金蔵も弟子達も、色を入れ始めてから食事はしていない。緊張を途切れさせないためには、途中で休憩するなどもっての他、喉《のど》が渇《かわ》けば樽の酒を腹に流して描いていく。

血の色の毒々しいほどの赤、鮮やかな緑、そして骨線や髪は漆黒《しっこく》の黒。金蔵自らの手で醸《かも》し出す泥絵具の色は、描かれた人物を、まるで生きているように浮かび上がらせる。

「凄《すさ》まじい……」

松之助が思わず呟く。

金蔵たちは一睡もせずにこの屛風絵を仕上げたのだった。

夏祭りにこの屛風絵が評判を呼んだのは言うまでもない。

須留田八幡宮に立てた芝居絵屛風を見た者たちは、その後次々と金蔵に絵の注文をしてきた。

「次の祭りには、わしも屛風絵を奉納したいんじゃ……」

須留田八幡宮で芝居狂言があってもなくても、祭りの時に土地の者が楽しめる芝居の屛風絵を描いてほしいという訳だ。

金蔵は続けてこの蔵に滞在し、酒をお茶がわりに呷《あお》りながら、赤岡の商人たちから注文を受けた屛風絵や襖絵、店舗の板戸などにも絵を描き、時には漁師から、

「絵金さん、網を引かんかね」

などと誘われて、浜で漁師達と網を引くこともあった。

もうすっかり赤岡の「絵金さん」になった金蔵だったが、秋風を感じるようになったある日のこと、糸萩から文が届いた。

金蔵は文を読んで愕然《がくぜん》とした。

「どうかしたんですか？」

安吾が尋ねると、金蔵は案じ顔で言った。

「半平太が捕まったぞ」

第八章

一

翌年の春、城下の桜が満開になった頃、赤岡から城下に戻った金蔵は、新たに土蔵を借りて工房にした。

赤岡で描いた二曲一隻の芝居絵屏風の話は、既に城下でも評判になっていて、帰宅するや城下の神社から注文が殺到した。

弟子も日ごとに増えて大所帯になっている。

金蔵は精力的に芝居絵屏風を描きながら、その脳裏には京で捕縛《ほばく》されて土佐に移送され、金蔵がかつて投獄されていた、あの南会所の牢屋に入れられたと聞く武市半平太のことが、常にあった。

金蔵の弟子の中では、半平太は突出して優秀な弟子だった。

それが土佐勤王党を立ち上げたと報告に来たとき、いつかこんな事になりはしないかと金蔵は案じていたのだ。

だがその心配も、一時は容堂公に認められ、京では重い役目について活躍していると聞き、ほっとしていたところである。

それが、二年も経《た》たぬうちに縄を掛けられるとは、いったい何がどうなってしまったのかと金蔵は思うのだ。

まさか命まではとられまい……そう思っていたところに、昨年の夏に安吾が血相を変えて工房にしていた土蔵に駆けこんできて、

「武市さんを牢から出せ言うて、勤王党二三人が徒党を組んで訴えようとしたところ、昨日捕まったと聞いていましたが、今日早々に奈半利《なはり》河原で処刑されました。穴を掘って埋められるのを、わし、この目で見てきたところです。怖い怖い」

恐怖の顔で金蔵に告げたのだった。

「まずいな……」

金蔵はその時そう言った。

半平太はじめ投獄された仲間たちが厳しい取り調べを受けていることは、誰からともなく聞いている。半平太を慕う気持ちは分からない訳ではないが、かえって半平太にとっては厄介《やっかい》なことになるかもしれん。

案じ顔の金蔵に、

「二三人の首を、一人一人順々に打ち首にしていったんです。大勢の見物人が土手から見ている前でです。最後には、大きな穴を掘って皆そこに放り込んで埋めていました。首魁《しゅかい》

二人の首は、雁切橋の河原に晒《さら》されるのだと言っていました。世の中、だんだん妙なことになって来て……」

安吾の言葉には、暗澹《あんたん》たる思いがこめられている。

糸萩からたびたび文が届いていて、今日来た文にも、京では『新撰組《しんせんぐみ》』が発足し、町は異様な緊張感に包まれているという。

さらに、河田小龍から聞いたことのある坂本龍馬という男が、先年寺田屋《てらだや》で襲われたという話も、糸萩の文にはあった。

今や世の中は、斬るか斬られるかの命を賭けた大事が起こる前兆のように思えてくる。

金蔵は筆を持つ手を止めた。半平太が捕まってから一年八ヶ月になる。いかなる処分になるのかと考え始めると筆も鈍る。

「絵金さん、お久しぶりです」

この日、蔵の中を訪ねて来たのは、金蔵も知るあの牢番のうちの一人だった。

「あれ以来だな。あの爺さんはあのあとどうなったのかね」

ずっと気になっていたのだと尋ねてみると、

「ああ、あのお方は金蔵さんが牢を出られて三月目に出ていかれました。名野川の庄屋の方でした。百姓一揆を企《くわだ》てたということだったらしいのですが、疑いも解けて……でももう生きてはおらんと思いますよ。あれからずいぶんと経ちましたから……」

牢番はそう告げると、顔を曇らせた。

「今日寄せていただいたのは、武市様のことでして……」

牢番は半平太のことを様付けで呼んだ。

半平太は余程《よほど》牢番達に好かれているのだろうと金蔵は少しほっとした。

「半平太に何かあったのか……」

とはいえ案じ顔で牢番に尋ねると、

「武市様は、金蔵さんに絵を教わっていたそうですね。そのころの事をよく話して下さいます。実はその武市様ですが、近々裁断が下るのではないかとの噂です。どのような処罰になるのか、あっしたち牢番も心配しているんです……」

「そうか、近々決まるのか……」

「へい。金蔵さん、金蔵さんは以蔵という人をご存じですろうか」

突然牢番は険《けわ》しい顔で尋ねた。

「以蔵……ああ」

金蔵は思い出した。半平太が二度、金蔵のもとに連れて来た、目を輝かせていたあの若い男だと。

「以蔵という人は、山田橋《やまだばし》の獄舎に繋がれているのですが、拷問《ごうもん》に耐えきれずに色々と勤王党のことを暴露しているようなんです。吉田東洋暗殺については武市様は否定しているのに、以蔵という人が認めてしもうて、そんなこんなで投獄された人たちに混乱が起きているようです。武市様のお裁きに影響が出るのではないかと、これは獄舎回りの同心が話してくれました。牢番達は皆武市様を尊敬しちょります。命が助かってほしい思うちょります。毎日のように会いにみえるお内儀《ないぎ》様も、今や心配がたたって痩《や》せ細って痛々しいんです」

懸命に訴える牢番に金蔵は知らせてくれた礼を述べると、初菊を呼び、牢番に干物《ひもの》を包んで渡してやるよう言いつけた。

「おまえさん……」

牢番を見送った初菊が言った。

「命はひとつなのに……俊三郎を足軽にしたこと、良かったのでしょうか」

二

「半平太、わしだ」

金蔵が南会所の牢屋を訪ねると、半平太は絵を描いていた手を止めて、

「先生……」

牢格子の側に歩み寄り、

「ご心配をかけています」

頭を下げた。

半平太は今や上士の身分だ。揚屋《あげや》という畳敷きの六畳ほどの部屋に入れられていた。以蔵たち下級武士が押し込まれている牢に比べると格段に手厚い扱いとはいえ、牢屋に変わりはない。

部屋の中には何冊もの書物が見えるし、筆も紙も充分に差し入れてもらっているようだ。

今も何か描いていたようで、部屋の中央に画紙が広げられ、側には硯《すずり》と筆もある。

「少し痩せたかな？」

金蔵は半平太の顔や体を眺めて言った。

苦笑して答える半平太の白い頬には、乱れ髪が落ちている。

「これはな、珍しい酒だ。佐川にいる弟子が届けてくれたのだが、酒にも滋養《じよう》がある。わしはそう考えて近頃では酒が飯の代わりじゃ。飲んでみろ」

金蔵は持参して来たとっくりを格子戸の前に置いた。

すると、遠巻きに見ていた牢番が走って来て、潜《くぐ》り戸の鍵を開けてくれた。金蔵に半平太のことを知らせてくれた、あの牢番と仲間の牢番だ。

「ありがとう」

半平太は牢番に礼を言って、とっくりを部屋の中に引き入れると、

「妻が毎日口に合うものをと持って来てくれるんですが、この牢で座りっぱなしですから食欲が湧《わ》きません、この酒、頂きます」

半平太は言った。

「そうだ、少し気持ちを休めろ」

「はい、そうします。この酒をいただき、酔って先生の塾に足繁く通っていたころの夢を見ましょう。幼くて、ただ今有るを楽しんでいた少年の頃を……」

半平太は、しみじみと言う。

「半平太……」

金蔵は、じっと半平太の顔を見た。その金蔵の目を見詰めた半平太は、

「先生……」

俄に顔をゆがめた。涙が零《こぼ》れそうになっている。

金蔵は、うんうんと倅を見るような目で頷いていたが、

「そうだ、絵を描いていたんだな。何を描いていたのだ？」

格子の奥に見える和紙に視線を遣った。話を変えなければ、こちらが涙を堪《こら》え切れなくなる。

「自画像です。妻の富子《とみこ》に遺してやりたいと思いまして描いているのですが、なかなかうまく描けません」

半平太も部屋の中の描きかけの絵を見遣る。

「ほう……わしも投獄された時に娘の絵を描いたものだが……」

「見て頂けますか。どれもまだ納得出来ないのです」

半平太は画紙を広げてある場所に引き返して、二枚の絵を持って来た。

「うむ……」

二枚とも総髪で顎鬚《あごひげ》も生やした半平太の今の姿だった。

絵の中の半平太は、あぐらをかき薄物一枚の胸を広げて、手には団扇《うちわ》を握っている。

顔は少し突き出して前方に視線を送っているのだが、その目は何かを訴えているようにも見える。

一年八ヶ月も牢に入れられているとはいえ、半平太の表情からは、いまだもってその志

を持ち続けているのが窺えた。もって生まれた品格も失ってはいなかった。

自画像の余白には漢詩も書き付けられていた。

花依清香愛　　花は清香によって愛せられ
人以仁義栄　　人は仁義をもって栄ゆ
幽囚何可恥　　幽囚《ゆうしゅう》何ぞ恥ずべけんや
只有赤心明　　只赤心《ただせきしん》のあきらかなる有り

そして漢詩の末尾には『瑞山《ずいざん》』という画号と落款《らっかん》が押してある。

半平太は堂々として、自身の行ったことを恥じてはいなかった。

全て国の為に動いたのだと。土佐の為だったと。少しも恥ずかしいことはしていないと
四行の漢詩で言い切っている。

「良い絵だな。漢詩も良い。静寂の中にある絵だが生気が漲《みなぎ》っておるよ。なにより品がいい」

金蔵は褒めた。お世辞ではなかった。

「ありがとうございます。最後に先生にお褒めの言葉をいただいて嬉しいです」

半平太の頬に、一瞬ぱっと色が差した。

「諦《あきら》めるなよ半平太。わしもかつて牢獄にいた。わしはそれが言いたかったのじゃ」

半平太が膝の上に作っている拳《こぶし》に、金蔵は我が手を置いて言った。

「諦めません、最後の最後まで。ただ、私を滅しても私の志が消えることはありません」

半平太は力強く言った。

三

だがそれから一月後、外出から帰って来た初菊が血相を変えて家の中に駆け込んで来ると、

「おまえさん、半平太さんが切腹したそうですよ」

息を切らした声で告げた。

「何……切腹……」

金蔵は呆然《ぼうぜん》として初菊の顔を見た。

怒りが胸を駆け巡る。

「いったい、この世を、どうしたいというのじゃ」

金蔵は叫ぶと、土間に降りた。

「おまえさん……」

案じ顔の初菊に見送られて、金蔵は重い足どりで工房にしている蔵に向かった。

「先生、お客さんですよ」

工房の蔵の前で、金蔵を待っていた弟子が言った。

「お客?」

怪訝《けげん》な顔で言ったその時、

「金さん、お久しぶり」

なんとあの、金比羅で一緒に暮らしていた染吉太夫が現われたのだった。

あれから十五、六年が経っている。染吉太夫は肉付きの良い体付きになっていて、腰のあたりはむっちりとして既に中年の女の体つきであった。顔も年相応に皺《しわ》やたるみに襲われて、見る影も無い老《ふ》け様だ。

「何をびっくりしてるんですか。私ね、赤岡の須留田八幡を皮切りに、あちらこちらに呼ばれましてね、もう一月も土佐で暮らしていたんですよ。今日ようやく暇になったものだから、金さんに会いたくて……ええ、赤岡の安吾さんていう米屋さんに、城下のこの蔵に金さんはいるんだって教えてもらっていたんです……それで」

「染吉……」

立て板に水の染吉のおしゃべりを金蔵はあわてて制止し、弟子達に視線を泳がした。

弟子達は、師の金蔵とこの女の人はどういう関係なのかと、興味津々の顔だ。

初菊にでもよからぬ憶測を伝えられたら大変だ。金蔵は染吉の言葉を遮《さえぎ》って、

「まっこと久しぶりじゃのう」

とってつけたような挨拶をした。

染吉が苦笑した。

金蔵は少し待てと染吉を制してから、弟子達には、

「昔金比羅で世話になった人じゃ。歴とした浄瑠璃語りの太夫で染吉さんと言う」

あわてて紹介してから、また染吉を向いて、

「丁度良かった、頼みたいことがある。時間があるか……あるのなら、ここで浄瑠璃を語って貰えんろうか」

金蔵は真顔で染吉に打診した。

「いいですよ、いくらでも……そんな他人行儀なこと言わんでも、いやねえ」

色っぽい視線で、ぽんと金蔵の腕を叩き、

「なんなら三味線弾きの勘世《かんぜ》さんも呼んで来ましょうか。同じ宿に泊まっているんです

よ」

「何、三味線弾きも一緒とな。ならば是非、ここに連れて来て貰いたい。染吉、わしは今、腹を立てちゅうがよ。体の中から怒りが燃え上がってきて……頼む、すぐに頼む」

金蔵は顔を紅潮させて言った。

染吉が出かけて行くと、金蔵は樽の酒を柄杓《ひしやく》で何杯も飲み干し、空き樽に足を広げて座ると、染吉を待った。

金蔵は黙って腕を組み、目を閉じている。

しばらくして染吉が勘世という女の三味線弾きを連れて来た。

勘世は染吉の姉のような年齢で、染吉よりも更に肉付きが良く貫禄があった。

金蔵は屛風絵を描く和紙の前に立った。

染吉と勘世は、金蔵と向かい合うように座り、勘世は三味線を抱えた。

ツン、テン、ツン、テンと三味線の糸を勘世は調節すると、改めて膝を直して構えた。

蔵の中は緊張に包まれる。それは今日に限った事ではないが、今日の金蔵の様子は、これまで見たこともないような険しい物を纏《まと》っていた。

金蔵は和紙を目の前にして座り、姿勢を正して瞑目《めいもく》した。

金蔵の脳裏には、子供の頃に髪結いの店の前で出会った老僧の言葉が聞こえているのだった。

「祈るのじゃ……祈るしかないのじゃ」

金蔵はうろ覚えの般若心経《はんにゃしんぎょう》を心の中で唱えはじめた。

「摩訶《まか》般若波羅蜜多《はらみった》心経……羯諦《ぎゃてい》羯諦　波羅羯諦　波羅僧《そう》羯諦　菩提薩婆訶《ぼじそわか》　般若心経」

弟子達も染吉達も、金蔵が筆を取るのをじっと待っている。

静かに目をあけた金蔵は、

「『伽羅先代萩《めいぼくせんだいはぎ》』の『政岡忠義の段《まさおかちゅうぎ》』を頼む」

と告げた。金蔵の重みのある声は蔵の中に響いた。

この浄瑠璃は仙台伊達藩の騒動を題材にしたものだが、『政岡忠義の段』は、幼君を守る乳母の政岡たちがいる部屋に、敵の梶原の奥方栄御前《さかえごぜん》と八汐《やしお》が、幼君鶴喜代《つるきよ》君の見舞いだと菓子《かし》を持参して入って来る。

この菓子は毒入りと分かっていた政岡は、鶴喜代君に食べさせてはならぬと苦悩して、窮地に立たされるが、それを察知した政岡の倅千松《せんまつ》が、この菓子を取って食べるのだ。

千松が菓子を口にして死ねば毒入りだと判明する……あわてた八汐が、いたいけな千松の首筋に懐剣を突き刺して、虫けらのように殺す血みどろの場面であった。

勘世の三味線が、危急の事態を激しく奏でると、染吉の声が蔵の中で物語る。

折は散乱八汐はすかさず千松が首筋片手に引き寄せて、懐剣ぐっと突っ込めば、わっと一声七転八倒（中略）……仰天しながらも若君を守る政岡に、

「ヤア何をざわざわ、騒ぐことはないわいの。頼朝公より下されしこの折、蹴破《けやぶ》りしは上への無礼、小さい餓鬼でもそのままには差し置かれぬ（中略）。ムムハハムムハハハ。可哀《かわい》さうに可哀さうに痛いかいなう。他人のわしさへ涙がこぼれる。コレ政岡殿、現在のそなたの子、悲しうもないかいの」

◇　◇　◇

残忍な場面である。

金蔵は、三味線に導かれ、語りに乗って、一気に屏風に描いていく。

第一扇には、差し出された菓子を摑んで口にもっていった千松の手を止めようとしている政岡と、狩野派の屏風の背後から覗いている若君。

一方、毒入りの菓子を勧める悪女達の姿を第二扇に描き、今まさに血の吹き出るおぞましい場面へと筆を走らせているのであった。

三

金蔵は目が開いている間は、筆を置くことをしなかった。

食事の代わりに樽の中の酒を呷り、勘世に三味線を弾かせ、染吉に語らせて骨線を引いていく。

「先生……」

弟子達が休むよう声を掛けるが、金蔵は返事もしない。

金蔵の頭の中には、桜田門外の井伊直弼惨殺、その後漏れ聞いた惨殺に手を染めた者達の打ち首、それらは実見していなくても脳裏に浮かんでくる。

そして、土佐で始まった吉田東洋殺戮《さつりく》、平井収二郎らの切腹、娘が寄越してくる京の町での殺し合い。

また土佐勤王党の以蔵他投獄されていた者達の斬首、もっとも心から離れないのは、半平太の切腹だった。

——なぜこのような世の中になったのか……。

いずれの者も国を思ってのことだったに違いない。

血で血を洗う出来事は、血をもって浄化するしかない。

金蔵の心を占めているのは、死んでいった者、自分も含めて今生きて不安を抱えている者達の魂《たましい》を、おさめることであった。

染吉と勘世の滞在もあと半月、二人は夕刻には宿に引き揚げるが、金蔵はその後も弟子に手伝わせて昼間描いた絵に彩色をした。

近頃金蔵が描く屏風絵は、狩野派の絵師や江戸の浮世絵師達が見れば仰天するような構図と強烈な色使いであった。

血の色よりも赤い色、発色の良い緑色、そして漆黒《しっこく》の黒、この三つの色が全体の色合いを構成して、絵の構図もさることながら、見る者に強く訴える絵になっている。

特に夜になって百目蠟燭の明かりで見ると、絵の中の人物が生きているように見えた。

弟子達も師が描く骨線が仕上がるのを待って、自分の画帖に写し取った。

この日は昼のうちに『伊達《だて》競《くらべ》阿国《おくに》戯場《かぶき》・累《かさね》』を描き、今それに色を入れているところだった。

この累とは、夫与右衛門《よえもん》が悪者から逃げて来た歌方《うたかた》姫を救おうとしている姿を見て、二人の仲を誤解し、持参していた鎌《かま》で歌方姫を斬りつけて殺そうとする。するとこれを見た与右衛門が、どうあっても疑いが解けぬとあっては仕方がないと、妻の累を鎌で殺してしまう話である。

女の執念を描いたもので、金蔵は第一扇には袖を累に噛《か》まれて逃げようにも逃げられぬ悲壮な様子の歌方姫を描き、左側には与右衛門と累が摑み合い、累の頭からは恨みの赤い炎が立ち上り、その足元には血のついた鎌が落ちている。

三人三様の悪魔に魅入られた悲壮の顔が特徴だ。

そしていよいよ染吉と勘世が明日土佐を離れるというその日は、鶴屋南北《つるやなんぼく》作の『浮世柄比翼稲妻《うきよづかひよくのいなづま》』の第二幕『鈴ヶ森《すずがもり》』を二人に頼んでみた。

『鈴ヶ森』は歌舞伎で演じられてはいるが、浄瑠璃では未《いま》だ演じられたことはないと聞いている。

だが、染吉は、

「うちらは旅芝居の者じゃ。お客の喜ぶことやったら、何でもやる。まかして下さい」

胸を張ってくれたのだった。

金蔵は、広げた紙の前に座って目をつぶり、まずは心の中で祈った。

この作品は白井権八《しらいごんぱち》と幡随院長兵衛《ばんずいいんちょうべえ》の出会いの話である。

因州鳥取《いんしゅうとっとり》の浪人白井権八は、父を辱《はずかし》めた相手を斬り殺し出奔《しゅっぽん》、東海道品川《とうかいどうしながわ》宿近くの刑場鈴ヶ森で雲助《くもすけ》達に襲われ、この者達を斬り捨てて去ろうとする。

そこに幡随院長兵衛が現れて、

「お若いの、お待ちなせえ」

と声を掛けるこの台詞《せりふ》は、多くの人達が良く知っている名台詞だ。

白井権八は色白の優男《やさおとこ》、幡随院長兵衛は顔もいかつい俠客《きょうかく》だ。

二人の足元には、たった今白井権八を襲ってきた雲助達の首が、いくつも転がり、血しぶきを上げている。

それに加えて幡随院長兵衛の発色のよい絵具で厚塗りしたどぎつい緑の合羽、白井権八の深い暗闇を連想させる黒い着物が飛び散る血の色と相まって、凄惨《せいさん》な情景をかもし出している。

それはもはや、静謐《せいひつ》で品格をそなえた狩野派の絵とは真逆の、人間の生と死、善と悪を真っ向から描いたものだった。

「ううう……」

あまりのすさまじさに弟子達がうなり声を上げると、

「血の色の赤は厄《やく》除け魔除けに古来から使われてきた色ぞ。血の赤で、万民の不安を払い落とすのじゃ」

金蔵は力をこめて言った。

確かに世の中が不安になってから、同門の河鍋暁斎はじめ江戸の絵師たちも、血のしたたる凄まじい絵を描き始めていた。

人々のやり場のない気持ちが醸《かも》し出す強い憤《いきどお》りを、絵師たちは敏感に感じとっていたのである。

「確かにその通りですよ。今や芝居絵屏風の注文が途切れることはありません。しかも、屏風絵を見た者が、ぎょっと驚くようなものを望んでいます」

赤岡の安吾がそう言うと、他の弟子も頷いて、熱心に写し取っていく。

今や常に弟子数十人が入れ替わり立ち替わり蔵にやって来ているのである。

描き終えた金蔵は、染吉と勘世の二人に一両小判を五枚ずつ包んで渡そうとしたのだが、二人はそれを押し返し、

「いえそれは……昨晩お内儀さんが宿に参って、私たちは充分な手当てを頂いておりますから」

染吉はそう言って受け取ろうとはしなかった。

「何、初菊が……」

金蔵は驚いた。

金蔵はずっと蔵に籠《こ》もりっきりで家には帰っていなかった。ましてこの蔵に三味線弾きと浄瑠璃語りを招いて絵を描いているなどと知らせてはいない。

勘世は別にして、染吉とは半年閨《ねや》を同じくした間柄だ。それが知れたら、初菊の頭から鬼のような角が出ると思っていたのだ。

「お内儀さまは私たち二人に、手助けしていただいてありがとうございますと、丁寧なお礼の申しよう。本当に良いお内儀さまをお持ちだと、この染吉と話していたところでございます」

勘世は言った。

金蔵は冷や汗をかきながら、二人を蔵の外まで見送った。

「では……」

勘世は、頭をさげて先に帰って行く。

金蔵と染吉に、二人の時間を作ってくれたのだと察した。案の定染吉は、伸び上がって金蔵の耳に口を寄せ、

「一度でいい、抱いてほしかったのに……」

金蔵の胸にずんと来る言葉を送って来た。

「すまぬ。いろいろあってな……」

金蔵は苦笑して言った。途端に染吉の生々しい体を思い出したが、

「分かっています。だってお内儀さまは、私たちのこと知っていたんでしょ」

染吉は金蔵の顔を見詰めた。

「いや、知らん」

「だって、金比羅ではお世話になりましたって、礼を言われたんだから」

金蔵は、ぎょっとした。

染吉は寂しそうに笑って、

「金さん、そんなこんなで、もう会うことはないかもしれないね」

染吉は、しっとりとした手で金蔵の手を摑んで来た。

「そんなことがあるものか。また土佐に来てくれ」

金蔵は握り返した。すると瞬時に昔の染吉のあたたかい肌を思い出して困った。

染吉はふふっと笑って、

「ありがと。そう言ってくれただけで思い残すことはありません」

染吉は、何度も振り返りながら帰って行った。

金蔵は、見えなくなるまで見送った。

四

慶応《けいおう》三年（一八六七）、土佐には西郷隆盛《さいごうたかもり》や英国公使パークスなどがやって来た。容堂公に会いに来たという噂だったが、人々は世の中の急激な異変を感じとっていた。

「まさか戦争なんてことはないですよね」

初菊は不安を漏らした。

金蔵はほとんどの時間を蔵の中で暮らしているが、初菊は用向きもあって外出する。人々の変わりようを敏感に感じているようだった。

「いつから始まったのか、河原に人々が繰り出して、車座になって酒を酌《く》み交《か》わし、大騒ぎをしているんです。私、この目で見てびっくりしましたよ。以前だったらお役人に咎《とが》められたのでしょうが、近頃では町民が何をしても、それどころではないといった感じで……」

初菊の話では、川には船を浮かべて遊興に興じている者もいると思ったら、

「ノエクリ、ノエクリ」

などと声を出して練り歩く者達もいるようだ。

また河原を声を上げて走り回る者もいれば、踊る者あり、花火ありと、今日のこの一日を騒いで過ごそうという輩《やから》が増えたのだという。

「みんな、この胸にある不安を吐き出してしまいたいんですよ」

「うむ」

金蔵は頷いた。

「糸萩の知らせでは、京でも〈ええじゃないか、ええじゃないか〉と歌いながら踊っているそうですよ。男は女装し、女は男装し、まるで狂乱の世を見ているようだと書いておりました」

この世の終わりを見ているような、そんな面持《おもも》ちに人々はなっているのだ。

「私ね、おまえさんの、あのおどろおどろしい絵が、どうしてこんなに人々に喜ばれるのかと考えていたんですよ。これだったんですね。見たくなくてもこの世の地獄を見なくちゃならない。そういう時なんだって……」

金蔵は頷いて言った。

「初菊、わしの絵は、厄払いの絵や。この世の厄を吹き飛ばす絵や！」

そう言い置いて立ち上がった時、

「兄さん、虎吉です」

髪結床を継いでいる弟がやって来た。

「おう、久しぶりじゃのう」

上がれと促《うなが》したが、虎吉は暗い顔をして、

「かかさんがもう駄目らしい。兄さんに会いたい言うてるんや」

「何だと」

金蔵と初菊は急いで実家に向かった。

母は痩せた身を横たえていた。荒い息を吐いているのが、そう長くないのだと一見して分かった。

「かかさん……」

金蔵が声を掛けると、母はうっすらと目を開けて、白い手を出して来た。

その手には、雀《すずめ》の形をした水差しを握っている。墨を磨《す》る時に差す水入れだ。

「兄さんに渡すんだって言い張って……」

虎吉がそばから言う。

「おおきに、かかさん、使わせてもらうよ」

金蔵がそう告げると、母は安心したように目を閉じた。

息を引き取ったのはその夜のこと、葬儀を終えて帰って来た金蔵は、懐《ふところ》にしまってあった母から渡された遺品を蔵の中で取り出して見た。
どこの焼き物かは分からないが、名のある窯元《かまもと》であることは、雀の姿を見て分かる。
じっと全体を眺めてから、金蔵は雀の水差しの底を見た。
——あっ……。
思わず声を上げそうになった。
雀の水差しの底には『鱗江《りんこう》』の文字が入っていたのだ。
鱗江とは、南画に親しんでいた仁尾順蔵の号である。
「かかさん……」
金蔵は雀の水差しをぎゅっと握った。大粒の涙があふれ出てくる。
幸い弟子も今日はいない。金蔵は蔵の中で声を出して泣いた。

五

時代はめまぐるしく変転していくのが、一介の町人でも肌で感じられる。
まして絵師金蔵の目は、人一倍異変を感じていた。
ついこの間、大政奉還《たいせいほうかん》となったばかりだが、その一月後には、坂本龍馬と中岡慎太郎が何者かによって惨殺されたと知った。二人の名を今や知らぬ金蔵ではない。

金蔵は血なまぐさい知らせを受け取る度に蔵の中に入って筆を取った。

この日は『花上野《はなのうえの》 誉 石碑《ほまれのいしぶみ》』の四段目『志度寺《しどうじ》』を描く。

これは仇討《あだう》ちもので、父を殺された坊太郎《ぼうたろう》は身を守るために志度寺に預けられるが、乳母のお辻《つじ》は仇討ち本懐を遂げられるよう金比羅権現に祈り、満願の日に自死して願うという話だ。

金蔵が描くのは、お辻が自分の喉を刺した血が、ドウと音を立てて足元に落ちていく場面である。

他にも金蔵は『近江源氏先陣館《おうみげんじせんじんやかた》』の『盛綱陣屋《もりつなじんや》』、『伊賀越道中双六《いがごえどうちゅうすごろく》』の敵《かたき》討ちの場面を、次々と屛風絵にして、蔵の中に並べていく。しかし絵は、あっという間に売れていくのだ。

そんな或る日のこと、次男の俊三郎が初菊と一緒に蔵にやって来た。

「ととさん、戦《いくさ》になるきに。わしは板垣《いたがき》様の配下の者として進軍することになった」

俊三郎は総髪に黒い軍服の勇ましい姿を金蔵に見せた。

「そうか、気を付けていけ」

金蔵は我が子の勇《いさ》ましい姿をまじまじと見る。

「できるだけ文を寄越すんだよ。京には姉さんがおるんじゃき、姉さんにも会って……」

初菊は言いながら、おろおろしている。

「かかさん、わしは覚悟をしちょるけ。弘瀬俊三郎として立派に闘うてきますきに」

顔を紅潮させて固い意志を告げる我が子の姿に、初菊はむろんのこと、金蔵も胸が詰まる。

「ととさんはなあ、ここで絵を描いて、おまえの活躍を祈っちょるけ、存分に働いて来い」

金蔵は励ました。めめしいことは足軽の親として言えぬ。無事を祈るだけである。

「では……」

俊三郎は、足を鳴らして敬礼した。

初菊は俊三郎が集合する場所までついていくつもりらしい。

金蔵は二人を見送ると、どうと座った。いっとき力が抜けていくように思ったが、座した金蔵の目が次第に強い光を放っていく。

金蔵は筆を取った。両手の指に何本も挟み、口にも加え、屏風絵の和紙に対峙《たいじ》した。

——わしに出来ることは、屏風絵を描き、祈ることだ。

金蔵は心の中で般若心経を唱えてから、筆に墨をたっぷりと含ませると、和紙の上に骨線を描き始めた。
金蔵の脳裏には、三味線の音が鳴り続け、浄瑠璃語りが切々と訴えて来るのである。
——息が切れるその時まで……。
金蔵はこの頃、雀翁《じゃくおう》、雀七《じゃくしち》と名乗っている。
波乱に満ちた金蔵の人生は、明治九年(一八七六)、六十五歳で閉じた。

切りとり線

あなたにお願い

この本をお読みになって、どんな感想をお持ちでしょうか。次ページの「１００字書評」を編集部までいただけたらありがたく存じます。個人名を識別できない形で処理したうえで、今後の企画の参考にさせていただくほか、作者に提供することがあります。

あなたの「１００字書評」は新聞・雑誌などを通じて紹介させていただくことがあります。採用の場合は、特製図書カードを差し上げます。

次ページの原稿用紙（コピーしたものでもかまいません）に書評をお書きのうえ、このページを切り取り、左記へお送りください。祥伝社ホームページからも、書き込めます。

〒一〇一―八七〇一　東京都千代田区神田神保町三―三
祥伝社　文芸出版部　文芸編集　編集長　坂口芳和
電話〇三（三二六五）二〇八〇　www.shodensha.co.jp/bookreview

◎本書の購買動機（新聞、雑誌名を記入するか、〇をつけてください）

＿＿＿新聞・誌の広告を見て	＿＿＿新聞・誌の書評を見て	好きな作家だから	カバーに惹かれて	タイトルに惹かれて	知人のすすめで

◎最近、印象に残った作品や作家をお書きください

◎その他この本についてご意見がありましたらお書きください

100字書評

絵師金蔵　赤色浄土

住所

なまえ

年齢

職業

藤原緋沙子（ふじわらひさこ）

高知県生まれ。立命館大学文学部史学科卒。シナリオライターとして活躍する傍ら、小松左京主催の「創翔塾」で小説を志す。2013年に「隅田川御用帳」シリーズで第２回歴史時代作家クラブ賞シリーズ賞を受賞。本書は土佐の絵師として人々の幸せを願い描き続けた金蔵の生涯を温かい眼差しで活写した渾身の時代小説。著者の作家生活20周年記念作品である。著書に「橋廻り同心・平七郎控」シリーズ（祥伝社文庫）他多数。

絵師《えし》金蔵《きんぞう》 赤《せき》色《しよく》浄《じよう》土《ど》

令和５年５月20日　初版第１刷発行

著者———藤原緋沙子《ふじわらひさこ》

発行者——辻 浩明

発行所——祥伝社《しようでんしや》

〒101-8701　東京都千代田区神田神保町3-3

電話　03-3265-2081（販売）　03-3265-2080（編集）

03-3265-3622（業務）

印刷———萩原印刷

製本———ナショナル製本

ISBN978-4-396-63644-9 C0093

祥伝社のホームページ・www.shodensha.co.jp

祥伝社

四六判文芸書

忽然と消え去った信長の財宝は
何処に。

信長の秘宝レッドクロス　岩室　忍

戦国時代の常識を覆した名著『信長の軍師』の著者が放つ、
織田宗家の栄枯盛衰

祥伝社

四六判文芸書

西欧文明を最大限に活用した織田信長と、
日本の新たな歩みを描いた歴史時代小説誕生！

信長、鉄砲で君臨する

門井慶喜

武士には蔑《さげす》まれながらも着実に戦果をあげる
ヨーロッパの武器は、乱世の覇者に
何を考えさせ、いかに行動させたのか!?